재미있게
살다가

주 철 환 의 일 상 철 학

의미 있게
죽자

주철환 지음

마음
서재

오늘은   오늘의   재미와
의미가   있다

20년 전쯤의 일이다. '매스컴과 사회'라는 교양수업에서 학생들에게 과제로 유서를 써보라 했는데 그게 어쩐 일로 신문에 기사로 실리기까지 했다. 초점은 괴짜 교수의 기이한 수업이 아니라 스무 살 남짓의 젊은이들이 가상의 죽음을 눈앞에 두고 무엇을 생각하느냐는 것. 뜻밖에도 가장 많이 나온 단어는 두려움이 아니라 고마움이었다. 죽음에 대한 공포가 아니라 삶에 대한 감사가 곳곳에서 발견되었다. 누군가를 향한 미움은 찾아볼 수 없었고 가족과 친구를 향한 사랑이 칸칸이 걸려 있었다. 죽음 앞에서 사람은 작아지기도 하지만 착해지기도 한다는 걸 그때 깨달았다.

삶은 유한하고 글은 무한하다. 내가 지금 쓰는 이 글은 내가 죽은 후에도 남을 것이다. 그러므로 사실 모든 글은 일종의 유서다. 내 생일에 아들에게 이런 부탁을 한 적이 있다. "너 아빠가 쓴 책 끝까지 읽어본 적 없지? 아빠 죽거든 제사는 지내지 말고 기일에 아빠 책 꺼내 글 한 편씩 천천히 읽어봐." 그 말을 전하며 영화 〈사랑과 영혼〉에서 산자(데미 무어)와 죽은 자(패트릭 스웨이지)가 나란히 앉아 있는 장면을 떠올렸다. 먼 훗날 언젠가, 살아 있는 아들 옆에 죽은 내가 앉아서 흐뭇한 아빠 미소를 짓고 있지 않을까.

열여섯 번째 책의 머리말을 쓴다고 생각하니 신기하고 대단하며 감사하고 행복하다. 역시 책은 고마운 분에게 바쳐야 제격이다. 제일 먼저 떠오르는 분은 10년 전에 돌아가신 고모님이다. 나를 키워준 분인데 실은 한 번도 내 글을 읽지 않으셨다. 학교에 다닌 일이 없고 한글도 깨치지 못하셨지만 내 이야기를 항상 즐겁게 들어주셨다. 지금 이 글을 쓰는 탁자, 의자 가까이에 그분의 사진이 놓여 있다. 내가 집에 머무는 모든 날, 모든 순간 그분은 웃고 계신다. 어쩌면 나는 그분 곁에서 매일 유서를 쓰고 있는지도 모르겠다.

고모님은 생전에 가게를 운영하셨는데 매일 가게 문을 열자마자 라디오를 틀어놓았다. 가게라고 해봤자 세 평이 될까 말까 한 구멍가게였다. 당시 라디오에서 쏟아지는 노래와 사연들이 요즘 말로 하자면 하나하나 소중한 문화콘텐츠였다. "헤일 수 없이 수많은 밤을 내 가슴 도려내는 아픔에 겨워." 이미자의 〈동백아가씨〉를 고모님과 함께 흥얼거리며 어린 소년은 의문에 잠겼다. 왜 동백꽃잎은 빨갛게 멍이 들었을까. 흑산도아가씨는 왜 육지를 바라보다가 검게 타버렸을까. 섬마을선생님은 왜 해당화를 남겨두고 홀연히 떠나갔을까. 고모님 곁에서 불렀던 그 노래들은 지금도 나의 글감이 되어 통장을 채워준다. 고모님은 여전히 나를 먹고살게 해주시는 분이다.

내가 뛰어다니던 좁은 시장골목에선 "쟤가 그 부모 없는 애라면서요"라는 말이 내 귀에까지 들렸다. 그래도 난 기죽지 않았다. 부모는 없었지만 보호자가 없는 건 아니었으니까. 고모님은 나의 외로움과 그리움, 그 사이에 항상서 계셨다. 내가 책 읽는 소리를 듣기 좋아하셨고 내 글이

학교신문에 실린 사실을 기뻐하고 주변에 자랑하셨다.

　돈암초등학교 4학년 때 학교신문에 '나의 소원'이라는 글을 발표했는데 그런 걸 보면 내가 마냥 수줍은 아이는 아니었던 것 같다. 나는 내가 글 쓰는 취미를 갖게 된 걸 천만다행으로 생각한다. 그리고 그걸 칭찬해준 선생님이 계셨던 걸 은혜로 받아들인다. 4학년 때 전국어린이백일장에 나가도록 추천해주신 담임선생이 정상 선생님이셨다. 나는 그 대회에서 '육교'라는 제목으로 글을 써서 상을 받았다. 그야말로 '화려한' 데뷔 무대였다.

　중·고등학교 때는 제자의 얄팍한 재주를 발견하고 크게 키워주신 선생님을 만났다. 그분의 이름을 오늘 다시 적어본다. 신철수 선생님. 예전에 그분을 이렇게 표현한 적이 있다. "다빈치를 만나기 전까지 모나리자는 종이와 물감에 불과했을 것이다. 로댕이 다가와 손을 내밀기 전만 해도 '생각하는 사람'은 구리 조각에 지나지 않았을 것이다. 누군가를 잘 만나면 명작이 되고 누군가를 잘못 만나면 쓰레기가 된다." 과분한 격려와 칭찬 덕분에 나는 쑥쑥 자라서 모교에 국어 교사로 취직했다. 그리고 체중 미달로 4년이나 징병검

사를 받아야 했지만 늦게 입대한 덕분에 나는 꿈에도 생각하지 못했던 방송사에 PD로 입사하게 된다.

이 책의 제목은 나의 좌우명이기도 하다. 방송사 PD로 일하던 시절에 고등학생 몇 명이 나를 인터뷰한 적이 있다. 모교 후배들로 교지 편집위원들이었다. 끝날 즈음에 후배들이 "혹시 선배님은 좌우명 같은 게 있나요?"라고 물었다. 없다고 말하면 왠지 없어 보일까 봐 잠시 생각할 틈을 구한 후 내가 던진 답변이 바로 '재미있게 살고 의미 있게 죽자'였다.

즉흥적으로 답했지만 재미와 의미는 그 후 내 삶의 흔들리지 않는 두 축이 되었다. 재미없는 곳은 가기 싫다. 재미없는 책은 읽기 싫다. 재미없는 사람은 만나기 싫다. 그동안 재미를 추구하며 즐겁게 살아왔다. 하지만 이제 나는 안다. 재미로 끝나서는 마지막이 허전하다. 재미의 끝에서 의미를 찾아야 한다. 우리는 왜 태어났는가. 누군가를 괴롭히기 위해서 태어난 게 아니다. 우리는 왜 사는가. 혼자 잘 먹고 잘살기 위해 사는 인생은 보람이 없다. 인생 곳곳에는 다양한 의미가 숨어 있고 나이가 든다는 것은 그 의미를 하나씩 발견하는 일임을 깨닫는다. 그래서 결국 세상과 이별할 때 '재미있게 살다가 의미 있게 죽는구나'라고 생각할 수 있다면 그만큼 성공한 삶은 없을 것이다. 그러니 오늘은 오늘의 재미를 누리자. 그리고 혹시 있을지 모를 의미를 찾아보자. 재미와 의미를 실컷 누리면 사는 데 미련과 후회는 없다.

주철환

PART 2   **더 잘살기보다 다 잘사는 것**

PART 3 감사투성이의 삶

인연이 모여
인생을 만든다

꿈에   관하여

꿈꾸는 것만으로도 가슴이 설레는데 그 꿈이 실제로 이루어진다면 얼마나 벅차고 행복할까. 나에게는 오래된 꿈이 하나 있다. 바로 젊은이들이 나를 자발적으로 찾아오는 것이다. 나이가 들고 사회에서 인지도가 쌓인 덕분에 그 꿈을 어느 정도는 이루었다. 그러나 꿈을 가진 젊은이들이 나를 만나면 십중팔구 꿈을 깨고 간다. 내가 "넌 안 돼"라고 하기 때문이다. 물론 "넌 다른 걸 해보는 게 더 낫겠어"라는 표현으로 말이다. 소수는 고마워하고 다수는 억울해한다. 하지만 그들은 내 말을 계기로 다른 꿈을 꾸고 또 그것을 이루기 위해 노력한다. 다행스런 일이다.

처음 봤을 때부터 광채가 나는 사람도 있다. PD에겐

'발견'의 순간이고 일반인에겐 '기회'의 순간이다. 그 후가 중요하다. 그런 순간과 운이 잘 맞아떨어져 PD와 스타 모두 승승장구하는 것만큼 성공적인 일은 없다. PD에게 노후의 절정은 병상에 누워 "오늘 제가 이 자리에 서 있는 건 그때 감독님이 저에게 기회를 주신 덕분입니다"라고 말하는 불멸의 스타를 물끄러미 바라보는 순간이 아닐까.

실력은 시력에서 나온다. 싹수를 알아보는 안목이 필요하다. 인재를 자주 놓치거나 '미래의 별'이 앞에 나타나주지 않으면 유능한 PD가 되기 어렵다. 시력과 함께 청력도 중요하다. 인재에 대한 소문은 귀를 쫑긋 세우고 들어야 한다. 이미 존재감이 드러난 스타의 경우도 마찬가지다. 적재, 적소, 적시에 스타를 발탁할 수 있어야 유능한 PD 대열에 낄 수 있다.

PD마다 스타일은 각양각색이다. 냉정한 PD도 있고 공정한 PD도 있다. 의리를 중요시하는 이도 있고 순리, 도리, 섭리를 내세우는 이도 있다. 저마다 자신만의 스타일로 각자의 판을 키워나간다.

지금은 종영되긴 했지만 〈무한도전〉이 10년 가까이 잘나간 것 역시 인사를 잘한 결과다. 김태호 PD를 잘 뽑았고, 김 PD는 유재석, 박명수 등 출연진을 잘 골랐다. 그들은 서로 존중하며 시청자 행복 프로젝트에 온몸을 불살랐다. 서로를 믿고 이끌어주었으며 잘 따라갔다. 장르를 불문한 기획들은 레전드 영상으로 남아 아직까지 '다시보기'로 전파를 타고 있다. 이렇듯 〈무한도전〉과 김태호 PD는 방송 역사에 이름을 확실히 새겼다.

PD는 자신의 꿈을 꾸고 그 꿈을 이루기 위해 노력하는 사람인 동시에 다른 이의 꿈을 이루어줄 수 있는 사람이다. 매력적이면서 책임감이 필요한 일이다. 물론 모든 직업과 마찬가지로 잘하기만 한다면 참 괜찮은 직업이다. 다만 한 가지 염두에 둬야 할 것은 꿈꾸는 자의 간절함을 잊으면 안 된다는 사실이다. 우리는 누구나 꿈을 꾸는 사람이자 꿈을 이루기 위해 노력하는 사람이기 때문이다.

꿈이라는 말이 나온 김에 덧붙이자면, 내가 좋아하는 꿈은 일상의 작은 꿈들이다. 이 꿈들은 이루기도 쉽다. 버스정류장에 서자마자 타야 할 버스가 도착하는 일, 가족과 서로의 근황을 나누는 일, 하루치의 일정을 마치고 맛있는 저녁을 먹는 일 등 우리는 끊임없이 무언가를 바라고 이룬다. 매순간 옳은 선택으로 좋은 결과를 맞는 것만큼 중요한 일이 또 있을까. 이런 소박한 꿈의 이로움을 깨우쳐서인지 어릴 적에 들어온 "소년이여, 야망을 가져라"라는 문구가 이제는 썩 좋은 의미라 여겨지지 않는다. 크고 원대한 꿈은 꿈꾸는 사람을 쉬이 지치게 만든다. 어떤 경우에는 주변 사람들까지 힘들게 한다.

날마다 이룬 작은 성취들이 차곡차곡 쌓이다가 어느 순간 운과 때를 만나면 더 높은 단계의 꿈으로 상승한다. 이 과정의 보람과 감동은 상상을 초월할 정도로 대단하지 않을까. 물론 반드시 대단해지지 않아도 괜찮다. 매일의 꿈을 이루는 일은 팍팍한 삶을 훨씬 더 살 만하게 만들어줄 것이기 때문이다.

내 생애   가장 아름다운   말

초등학교 선생님들을 대상으로 강의를 하러 가는 길. 비는 내리고 차는 막히는데 라디오에서 누나의 목소리가 들린다. 마음이 따뜻해진다. 참 한결같다. 누나가 누구냐고? 바로 양희은이다. PD라는 직업의 좋은 점은 방송에 나오는 사람들을 형, 누나라고 부를 수 있다는 거다. 형님, 누님은 왠지 정이 덜 간다. 양희은은 처음에도 누나였고 지금도 누나다.

누나가 청취자에게 "실례지만 몇 학년이세요?"라고 묻자 "4학년 7반이에요"라는 답이 돌아온다. 반은 묻지 않았는데 저절로 따라 나오는 모양이다. 47세라는 얘기다. 언제부턴가 나이를 학년과 반으로 말하는 게 유행이다. 그러나 그런 식으로 나이를 밝히는 사람 중에 삼십대 이하는 보지 못했다. 인생학교는 4학년부터 입학할 수 있는 모양이다.

운동장엔 떨어진 은행잎이 옐로 카펫처럼 깔려 있다. 영화제에 초대받은 기분으로 그 위를 사뿐히 걷는다. 초등학교에 다니던 시절의 그림이 불현듯 떠오른다. 칠판을 기준으로 위에는 급훈이 있었고 옆에는 시간표가 붙어 있었다. 6년 동안 가장 많이 본 글자가 '국산사자'였다. 한국에서 태어난 사자? 아니다. '국어, 산수, 사생(사회생활), 자연'을 줄인 말이다. 노래 하나가 뚝딱 만들어진다. "국어 시간에 배웠지. 주제를 파악해라. 산수 시간에 배웠지. 분수를 지켜라. 사생 시간에 배웠지. 사이좋게 지내라. 자연 시간에 배웠지. 자연에 대들지 마라."

교실 앞에 선생님이 나와 계신다. "저 약속 지켰죠?" 해가 바뀌기 전에 선생님들을 찾아뵙고 대화를 나누겠다고 언약한 게 봄의 일이다. "시간도 잘 지키셨어요." 4학년으로 보이는 선생님이 반색하며 손을 잡아준다. 나를 과대평가해주는 분이다. 기쁨도 주고 부담도 준다.

간단한 퀴즈로 이야기를 시작했다. "제가 누나라 부르

는 양희은 씨가 얼마 전에 새 노래를 발표했거든요. 〈내 생애 가장 아름다운 말〉이라는 노래인데 그 '아름다운 말'이 혹시 뭔지 아세요?" 사랑도 나오고 희망도 나왔지만 정답은 아니다. 목을 가다듬고 나는 노래를 시작한다. "계절이 바뀌고 사람도 바뀌고 내 마음도 바뀔까 두려워. 어린 아이처럼 울고 싶을 때 생각나는 이름 있네. 내 생애 가장 아름다운 말 그대." 4, 5학년 합동 교실의 '그대'들이 환하게 웃는다.

꾸준히 들어오는 강의 요청 중에 교사를 상대로 하는 강의가 많다. 교육 현장에서 내가 항상 하는 이야기는 두 가지 정도인데 먼저 '교실과 현실'이고 그다음이 '교실 안의 시청률을 높이자'다. 어릴 때 꿈이 교사였고, 한때 교육 현장에 몸담고 있었으며, 지금도 학생들을 가르치고 있는 내가 보기에 우리나라 교육의 가장 큰 문제는 성적대로 줄 세우기가 심각하다는 점이다. 이런 이유로 공부하기 싫어하는 아이들은 학교라는 공간에서 외로워지기 일쑤다. 친구가 많아지는 교실, 즐거움이 넘치는 교실을 만들려면 교사의 역할이 매우 중요하다. 자, 교사라면 생각해보자. 교실 안에서 나의 시청률은 어느 정도일까? 앞에 앉은 학생들은 다른 생각에 빠져 있거나 잠에 취해 있고 나만 혼자 대답 없는 메아리를 보내고 있지는 않은가. 요즘에는 교사의 권위가 아니라 친근함이 무기가 되어야 한다. 개그맨 같이 재밌는 선생님도 인기다. 연예인이 되라는 말이 아니다. 연예인의 장점을 흡수하자는 말이다. 상대의 리액션을 끌어낼 수 있는 재미가 필요하고 이 재미를 습득하기 위해서는 아이들 사이에서 화젯거리가 무엇인지 공부해야 한다. 아이들이 좋아하는 드라마나 예능 프로, 음악, 스포츠를 수업과 접목시켜 아이들의 흥미를 이끌어내는 기술이 중요한 때다.

한때를   즐겨라

그분에게서 연하장이 왔다. 모
바일 메신저를 통해서다. 종이 연하장에 비해 성의가 없
다고? 천만의 말씀. 딱 보면 안다. 삭제 버튼을 눌러야 할
지 저장 버튼을 눌러야 할지. 연하장 문구를 소리 내 읽는
순간 액정 화면 위로 그분의 마음도 뜬다. "이건 진심이로
군." 대량 복제로는 진심을 전달하기 어려운 법. 손가락이
가슴보다 먼저 움직인다. "어떻게 응답하지?"

그분의 직업은 가수다. 이름은 전승희. 성별은 남자.
직접 만나 인사를 나눈 적은 없다. 오로지 노래로 맺어진
사이다. 그런데 '진심'을 어떻게 운운하는가? 스토리는 이
렇다. 나는 방송사를 떠나 대학으로 간 후에도 후배 PD들

과 가끔 만나 밥도 먹고 술도 마셨다. 노래방 마무리에서 가요 한 곡을 불렀는데 그게 바로 전승희의 노래 〈한방의 부르스〉였다.

"형이 이런 노래도 아세요?" 후배가 묻는다. 〈대학가요제〉를 6년이나 연출한 내가 트로트를 구성지게 부르는 게 신기했던 모양이다. "가사가 예술이야." (여기서 예술은 인생과 대비되는 개념이다. 즉 '인생은 짧고 예술은 길다'고 할 때의 그 예술이다. 기억 속에서 살아남아야 예술이 된다.)

후배 중 한 명이 가요 프로에 전승희를 섭외했다. 섭외하면서 내가 그의 노래를 좋아한다는 사연까지 전한 모양이다. 그가 내게 감사 전화를 했고, 지금까지 나의 애창곡 목록에서 그의 노래는 굳건히 살아남았다.

〈한방의 부르스〉는 리듬은 경쾌하지만 첫 소절 가사는 다소 궁상맞다. "옛날의 나를 말한다면 나도 한때는 잘나갔다." 누가 이런 말을 한다면 주변 반응이 어떨까? "취했나?" 십중팔구는 이럴 것이다. "그래서 뭐 어쩌라고?" 이미 예상했다는 듯 노래엔 '계몽적'인 답변도 들어 있다. "한때의 나를 장담 마라." 아, 이 얼마나 무시무시한 경고인가.

나도 '한때'를 떠올려보았다. 내가 연출한 〈퀴즈아카데미〉라는 프로가 선풍적 인기를 구가할 때다. 인터뷰 요청이 여기저기서 쏟아졌고 프로그램에 나온 대학생들 일부는 스타로 대접받았다. 나 역시 '스타 PD'라는 과분한 애칭을 갖게 되었다.

들떠 있던 시절은 지나갔다. '응답하라' 시리즈와 〈슬기로운 감빵생활〉을 연출한 신원호 PD의 나이를 보니 정확히 나보다 20년 아래다. 〈놀면 뭐하니?〉, 〈무한도전〉의 김태호 PD, 〈삼시세끼〉의 나영석 PD도 다 그 또래다. 그들에게 '한때의 나를 장담 마라'라고 조언해줄까? 그럴 생각은 전혀 없다. 오히려 그 한때를 맘껏 즐기고 즐거움을 많이 나누라 말하고 싶다.

1988년에도 유재석 같은 사람이 있었다. 아니 유재석, 신동엽, 김구라를 합친 정도의 슈퍼 진행자가 있었다. 바로 주병진이다. 당시에 〈일밤〉의 영향력은 어마어마했다. 주병진은 개그계의 신사였고 사업계의 신동이었다. 한때 최고였던 그가 한동안 조용하더니 어느 날부터 다시 TV에 모습을 보였다. 프로그램의 이름은 〈개밥 주는 남자〉였다.

라디오 진행자인 주병진이 거대한 평수의 펜트하우스에서 개 세 마리와 놀고 있었다. 찡한 일인지, 짠한 일인지는 모르겠으나 간만에 보는 그의 모습이 반가웠다.

인생이 어떻다고 말해주는 그 어느 책보다 주병진의 메시지가 강하게 다가왔다. 강자였던 그는 어느새 현자가 되어 있었다. '나 이렇게 산다'가 아니라 '이런 게 인생이다'라는 걸 그는 리얼하게 보여주었다.

한편 다른 라디오에선 〈일밤〉에서 주병진의 유쾌한 파트너였던 가수 노사연이 여전히 입담을 과시하고 있다. 노사연은 히트곡 〈만남〉 이후 잠잠하더니 〈바램〉이라는 노래로 동년배들 노래 세상에 화려하게 부활했다. 그 노래는 시작이 이렇다. "내 손에 잡은 것이 많아서 손이 아픕니다." 결국 손에서 놓아야 할 것들을 깨달은 후 도달하는 끝부분은 더없이 근사하다. 한때 잘나갔던 친구들을 만나면 합창하고 싶을 정도다. "우린 늙어가는 것이 아니라 조금씩 익어가는 겁니다."

노래와 　　　　시의 　　　　인연

　　　　　　　　새봄의 교정은 활기차고 분주하
다. 종종걸음 위로 각종 현수막이 나풀거린다. 게시판마다
취업 정보와 동아리 소개, 동문회 모임을 알리는 소식들이
빼곡하다. 눈길 한번 안 주고 지나치는 무관심과 광고까지
찬찬히 읽는 호기심이 한 공간에 있다. 그 다양한 풍경이
낯설지 않다.

　인연은 추억보다 대체로 힘이 세다. 동문회장이 온갖
통신수단을 활용해 얼굴을 비추라고 끈질기게 조른다. 그
정성이 갸륵하다. 덕분에 큰맘 먹고 모교 앞 주점으로 걸
음을 옮겼다. 비까지 추적추적 내려서 심사가 묘했다. 신
입생 환영회를 겸한 자리였는데 놀라지 마시라. 새내기들

이 무려 40년 후배였다. 아, 저 뽀얀 피부. 더불어 변화의
가능성. 청춘의 절정이구나.

드라마는 흑백 화면으로 자연스레 이어진다. 간단한 자
기소개가 끝나자 선배들은 다짜고짜 노래를 청했다. 수줍
어하는 나를 숟가락 장단으로 공격하던 그 장면. "노래야
나오너라, 쿵짜자 쿵짜. 안 나오면 쳐들어간다, 쿵짜자 쿵
짜. 엽전 열닷냥." 그 당시 나는 철이 없거나 주관이 뚜렷
하거나 둘 중 하나였던 모양이다. 아무튼 그 열기와는 사
뭇 어울리지 않는 노래로 분위기를 바닥으로 가라앉혔다.
아무도 내 노래를 따라 하지 않았고 곧이어 쳐들어온 건
답가가 아니라 넘치는 술잔이었다.
    대학에 입학하고도 한동안은 교복을 입고 다녔다. 비슷
한 친구들이 여럿이었다. 국문과는 서른다섯 명이 입학 정
원이었는데 그중 여섯 명이 여학생이었다. 옥지, 영란이,
광자, 정숙이, 혜숙이, 정례. 특징만 말한다면 누나 같은
옥지, 새침데기 영란이, 공부 잘하는 광자, 불교에 심취한
정숙이, 졸음이 많은 혜숙이, 시큰둥한 정례, 대충 이랬다.

오늘은 정례가 주인공이다. 이화여고 문예반장 출신인 정례는 대체로 냉소적이었다. 소설기술론 시간에 과제물로 제출한 습작을 곁눈질했는데 시작부터 음울한 이야기가 그녀의 '삐뚠' 심성을 가늠케 했다. 그래도 나와는 대화가 잘 통했다. 맞장을 뜨기보다는 맞장구치기가 유익하다는 나의 '비겁한' 처세술이 그때부터 서서히 형성돼 간 듯하다.

학과 특성상 글깨나 쓴다는 아이가 몇 있었다. 정례도 그중 하나였다. 도무지 무슨 말을 하는 건지 알 수 없는 시가 대부분이었다. 나도 백일장에 나가 상까지 받은 이력의 소유자인데 걔들 앞에선 한참 역부족이었다. 가는 길이 달랐다. 난 성급하게 붓을 꺾었다. "넌 동화를 쓰면 좋겠다"라는 정한숙 교수의 조언이 결정타였다. 내가 즐겨 낭송하는 윤동주의 〈쉽게 씌어진 시〉 중에 "인생은 살기 어렵다는데 시가 이렇게 쉽게 씌어지는 것은 부끄러운 일"이라는 구절도 한몫했을지 모른다.

미래의 시인들이 시를 짓는 동안 나는 노래를 지어 불렀다. 그렇다. 그들에겐 시상이 꿈틀댔지만 나에겐 악상이

헤엄쳐 다녔다. 시는 읽는 것이지만 노래는 부르는 것이다. 돌아보니 내가 노래를 부른 건 실은 친구를 부른 것이었다. 지난번 내가 마련한 음악회 때 객석에 앉은 친구들 이름을 노래 사이사이에 하나하나 부르면서 하마터면 눈물을 흘릴 뻔했다. 나와 친구들이 아직 살아 있다는 게 고마웠고, 나를 기억해서 먼 데까지 찾아와준 친구들이 감사했고, 지루할 수도 있는 내 노래를 인내하며 들어주는 그들이 사랑스러웠다.

화면은 컬러로 넘어간다. 40년의 시간이 주말의 명화 분량으로 편집된 것이다. 밤은 이슥하고 후배들은 많이 취했다. 술에 취하고 노래에 취했다. 실은 정에 취한 것이리라. 이럴 땐 우산 잘 챙기라는 말조차 잔소리에 불과하다. 지나가는 비쯤에 몸이 젖은들 어떠랴.

마지막 반전. 통 이해 못 할 시를 써서 무게를 잡던 정례는 그 후 등단하여 시인이 되었고 가벼운 노래를 지어 부르던 나는 방송사 PD가 되었다. 정례는 가끔 남의 시를 자기 방식으로 풀어주는데 그 해설조차 내겐 난해하게 다가온다. 내가 칼럼을 싣던 일간지 옆자리에 '시가 있는 아침'을 연재했던 시인 최정례. 그녀가 바로 그 시절 불만에 가득 찬 눈빛으로 세상을 노려보던 그 정례다. 친구여, 세월은 무정한데 그대는 한결같구나.

우연한   회상

붐비는 커피 전문점 안. 삼십 대
초반 여성이 다가오더니 반갑게 인사한다. "선생님, 저 은
주예요." 기억의 실타래가 풀린다. 예닐곱 명이 듣는 소규
모 강좌여서 강의실이 아니라 연구실에서 수업을 했다. 오
리엔테이션을 겸한 신입생 교양강좌였다. 격주로 출석하
기만 하면 학점을 주니 사제 간에 부담 없는 수업이었다.
당시 내가 정한 강의 제목은 '매력적인 자기소개'였다.

"연애하는 법 가르쳐주는 수업인 줄 알고 신청했어요."
제자는 내가 계산해준 커피를 들고 나와 마주보고 앉는다.

이제부턴 기억의 퍼즐 맞추기다. 첫 수업 때 내가 한
말. "지금까진 부모님이 여러분을 키우셨지만 이제부턴 자

기가 자기를 키워야 합니다. 키워서 작품, 상품이 되어야 합니다. 완성도를 높여야 하고 매출도 올려야 합니다. 그래야 명품이 되죠." 인품과 기품 대신 작품과 상품이라니. 마주한 학생들의 표정에 떠오른 물음표를 일단 잠재워야 한다. "자아실현이 먼저지만 원하는 일터에 들어가려면 말과 글, 표정으로 남들을 끌어당겨야 합니다."

수업은 세 단계로 진행됐다. 첫째로 '내 인생의 10대 뉴스'를 뽑고 그것이 자신의 성장에 어떤 영향을 미쳤는지 쓰도록 한다. 추상적인 단어는 빨간 펜으로 지워주고 흔한 표현은 생동감 있는 단어로 바꿔준다. 둘째로 자기가 일하고 싶은 직장을 구체적으로 선정한 후 자기소개서를 쓰게 한다. 영상을 보여주듯 시나리오처럼 쓰는 게 요령이다. 셋째로 서류가 통과되었다고 가정하고 '문 열고 들어간 후 첫 번째 질문', 높은 확률로 "간단히 자기소개해 보세요"일 질문에 관한 답을 세 세트로 준비한다. 1분, 2분, 3분 단위로 자기를 입체적으로 소개하고 그 모습을 동영상으로 찍어 함께 시청하는 것이다. 이 과정을 몇 차례 연습하다 보면 학기 말엔 부쩍 자란 자신을 발견할 수 있다.

"그때 익힌 노하우로 회사에 취직했어요. 늘 강조하셨 잖아요. 당당하지만 교만하지 않게, 겸손하지만 비굴하지 않게." 명함을 내미는 손에 자신감이 넘친다. 보람찬 순간 이다. 맹자가 따로 있나.

"소개할 땐 소 세 마리 그리라고도 하셨죠." 이른바 삼소는 소질, 소양, 소신이다. "소망을 희망으로 바꾸라고 하신 말씀도 기억나요." 소망은 혼자 간직하는 것이지만 희망은 남에게 나눠줄 수 있는 것. 그래서 소망이 희망이 될 때 세상은 넓어지고 밝아진다는 얘기도 했다고 한다.

별걸 다 기억하는 제자와 과거를 즐겁게 복습하다 보니 커피가 식는 줄도 몰랐다. 커피는 미지근해졌어도 추억이 달아오르니 찻값이 아깝지 않았다.

발상의   전환

진로 상담 중 학생이 생소한 말을 쓴다. "복전이 취업에 도움이 될까요?" 내가 아는 복전(福田)은 불교 용어로 '복을 거두는 밭'인데 설마 학생이 이런 심오한 뜻을 알고 썼을까? 문맥도 안 맞고⋯⋯. 이럴 때 어울리는 사자성어가 불치하문(不恥下問). 모르는 건 제자에게라도 물어야 한다. 그런데 막상 해답을 얻고 나니 까닭 모를 허탈감이 밀려온다. 그가 가르쳐준 '복전'은 복수 전공의 준말이었던 것이다. 그것도 모르냐는 학생의 표정이 살짝 얄밉다.

교수도 인간인지라 복수(이럴 땐 '복전을 모른 걸 수습'한다는 뜻)하고 싶다. "너 혹시 발전이 무엇의 준말인지 알아?"

어리둥절해하는 틈을 타 잽싸게 잽을 날린다. "발상의 전환이야." 순진하게도 학생은 곧이곧대로 믿는 눈치다. 바로잡아주는 게 선생의 도리다. "진짜 그런 건 아니고 네가 발전하려면 발상의 전환이 필수라는 의미야."

학생은 불안하다. "이 상태로 졸업하면 죽도 밥도 안 될 것 같습니다." 학생에게 자신감을 불어넣어줄 시간이다. "왜 안 된다고만 생각해? 세상엔 된밥을 선호하는 사람도 있지만 진밥 좋아하는 사람도 많아. 나도 그렇거든. 죽도 밥도 아니라는 게 뒤죽박죽은 아니잖아. 죽의 특성과 밥의 특성을 버무린 제3의 음식을 창조해내면 어떨까? 바나나우유를 봐. 바나나도 아니고 순수 우유도 아니지만 오히려 더 잘 팔리잖아."

시동을 건 김에 긍정의 힘을 일깨워주는 동화도 구연한다. 초등학교 국어교과서에 실렸던 '3년 고개' 이야기다. 발상의 전환은 죽어가던 사람도 살릴 수 있다는 내용이다. 이해를 돕기 위해 네 단락으로 나눠본다. 그 고개에서 한 번 넘어지면 3년밖에 못 산다, 그 고개는 이른바 저주의 언덕이라는 내용이 '기'. 소심한 선비가 그 고개에서 넘어진다, 그는 누워서 죽을 날만 기다린다는 내용이 '승'. 현인이 나타나 "한 번 넘어지면 3년밖에 못 산다니 열 번 넘어지면 30년 살겠네요"라고 말하는 내용이 '전'. 선비가 바로 달려가 떼굴떼굴 수백 번 넘어진다는 내용이 '결'. 그 선비가 엄청나게 오래 산 덕분에 3년 고개 이름이 장수 고개로 바뀌었대나 어쨌대나 하는 것은 후일담.

사례 하나를 덤으로 얹어준다. "김연아 선수나 손연재 선수 둘 다 또래 중에서 가장 많이 넘어져본 친구들이거든. 넘어져서 드러누운 게 아니라 그때마다 씩씩하게 다시 일어났기에 최고가 됐잖아. 너도 넘어지는 걸 두려워하지 마. 고민만 하지 말고 너도 네 마당에서 부지런히 굴러봐. 그러면 기필코 네 인생도 반전, 아니 복전(복을 거두는 밭)이 될 거야."

그래도   우리는   사랑을 한다

'주주클럽' 하면 뭐가 떠오르는 가? 1990년대 혼성 3인조 음악밴드가 생각날 것이다. 〈TV 동물농장〉과 유사한 포맷의 예능 프로를 기억하는 사람도 더러 있을 것이다. 내가 여기서 소개하려는 '주주클럽'은 지극히 사사로운 조직(?)의 애칭이다. 수십 명이 모이는 일 은 결코 없고 대부분 세 명이 만나 간단히 식사를 하거나 차를 마시는 소박한 모임이다.

MBC에서 〈일밤〉을 연출하던 시절에 보조로 일하던 청 년이 어느 날 내게 엉뚱한 부탁을 했다. "감독님, 나중에 저 결혼할 때 주례 서주실 거죠?" 성실하고 과묵한 그 청 년에게 얼떨결에 한 답변은 '당연하지'였다. 그때 그 젊은

이가 20대 초반이었으니 적어도 10년 후를 예상한 약속이었다. 그런데 사람의 일이란 한 치 앞을 모르는 것. 불과 몇 년 지나지 않아 나를 찾아온 청년이 "감독님, 약속 지키셔야죠." 하며 하얀 봉투를 내밀었다. 청첩장이었다. 당시 40대 초반이던 나는 꼼짝없이 생애 처음으로 '주례'라는 걸 서게 되었다. 1997년 늦가을의 일이었다.

그것이 처음이자 끝일 수도 있었다. 하지만 좋은 인연이 모여 좋은 인생이 된다고 믿는 나의 주례 행각은 쉼 없이 이어졌고 마침내 '주주클럽'이라는 희한한 단체가 결성되기에 이르렀다. 이쯤되면 짐작이 갈 터. 주주클럽은 내 이름 주철환의 '주'와 주례의 '주'가 나란히 붙은 명칭이다. 주철환에게 주례를 의뢰한 남녀, 그리고 결혼 생활이 평화롭게 순항 중인 부부가 주주클럽의 정식 멤버다.

주주클럽엔 정관도 없고 약관도 없다. 그저 인간적인 신뢰와 권고 사항만 있을 뿐이다. 내가 5분 안팎의 주례사에서 빠뜨리지 않고 말하는 것이 있다. "이 부부의 결혼 수행평가를 3개월 단위로 진행할 겁니다. 직접 만나서 하는 게 원칙이지만 서로 바쁘다 보면 예외적으로 영상이나 문자로 대체할 수도 있습니다. 체크 포인트는 세 가지입니다. 서로 사랑하고 존중하며 살고 있는지, 부모를 공경하는지, 진실한 남편과 아내의 도리를 다하는지가 핵심입니다." 사실 이 세 가지 사항은 결혼식에서 주례가 공식적으로 확인하는 혼인서약의 고정 레퍼토리다.

통계를 내보진 않았지만 주주클럽은 이제 상당한 멤버를 확보하게 되었다. 주례를 맡은 지 20년이 넘었으니 1년에 열 커플이라고만 쳐도 이백 쌍은 족히 넘은 걸로 추측할 수 있다. 깨진 숫자도 가늠해야겠지만 수행평가를 받는 부부 중 갈라선 부부는 불과 다섯 쌍 미만이다.

연예인 중에도 주주클럽 멤버가 있다. '아내들이 가정의 울타리에서 벗어나 낭만적인 일탈을 꿈꾸고, 남편들이 이를 지켜보면서 그동안 몰랐던 아내의 속내를 이해하고 공감하는 콘셉트의 SBS 예능 프로그램'이었던 〈싱글와이프〉에는 무려 세 쌍이 주주클럽 소속이었다. DJ DOC의 김창렬·장채희 부부, 개그맨 박명수·한수민 부부, 개그맨 정성호·경맑음 부부가 그들이다. 더불어 방송 진행자인 박

경림 부부와 개그맨 유세윤 부부, 성대모사의 달인 김학도와 그의 아내인 바둑기사 한해원도 알콩달콩 잘 살고 있어서 주례는 적잖이 안심 중이다.

음악밴드 주주클럽의 대표곡 〈나는 나〉의 노랫말은 두 가지 질문으로 시작한다.

왜 내가 아는 저 많은 사람은 사랑의 과걸 잊는 걸까.
좋았었던 일도 많았을 텐데 감추려 하는 이유는 뭘까.

과거는 기억하되 좋은 건 공유하는 것. 결국 이것이 주주클럽의 롱런 비결 아닐까. '사랑의 온도'라는 시적인 제목의 드라마 포스터엔 지속 가능한 결혼의 비결이 제시되어 있다. '사랑하기 참 어려운 시대를 만났다. 그래도 우리는 사랑을 한다.' (아, 그러고 보니 이 드라마를 연출한 남건 PD도 주주클럽 멤버다.)

이   미친   세상에서

　　　　　　　대자대비하신 부처님께서 이 땅
에 오신 날. 영화나 한 편 보려고 포스터를 살피다가 화들
짝 놀랐다. 무자비한 문구가 눈에 띄었기 때문이다. "미친
놈만 살아남는다." 뭐라고? 눈을 비비고 다시 읽는다. "희
망 없는 세상 미친놈만 살아남는다." 아, 그러니까 살아남
으려면 미쳐야 한다? 미치지 않으면 살아남을 도리가 없
다? 혀를 차다가 '영화는 영화일 뿐'이라는 카드를 꺼낸다.
공상과학영화니까 그럴 수 있지. 제목조차 '미친 맥스(Mad
Max)' 아닌가. 하지만 개운치가 않다. 영화가 끝나고도 희
망이 끝내 보이지 않을 것 같은 불길한 예감 때문이다.

외국인 학생에게 "한국어능력시험에 도전하세요. 밑져야 본전이니까"라고 했더니 이 학생은 '미쳐야 본전'이라 알아듣는다. "미치도록 뭔가에 빠지면 본전은 건진다는 얘기죠?" 밑지지(손해 보지) 않으려고 미쳐 날뛰는 사람들을 뉴스에서 볼 때마다 그 젊은이의 창의적 경청에 감탄하게 된다.

미치겠다는 사람이 주변에 늘고 있다. 미쳐야겠다는 다짐이 아니라 돌아버릴 지경이라는 하소연이다. 이 와중에 뜬금없을지 모르겠다. "미칠 대상이 있다면 좋은 거 아닌가요?" 실은 무엇에 미쳤느냐가 중요하다. 〈매드 맥스〉의 감독은 영화에 미친 자다. 사랑에 미친 자들은 유행가도 점령한다. "너는 내 여자니까 네게 미쳤으니까 미안해하지 마 난 행복하니까."(싸이가 작사·작곡하고 이승기가 부른 〈내 여자라니까〉 중에서)

성공한 연예인들의 인터뷰 단골 멘트. "미친놈 소리 많이 들었죠." 어디 연예계뿐이랴. 어떤 분야건 두각을 나타낸 사람치고 미쳤다는 얘기 한번 안 듣고 그 자리까지 온 사람은 드물 것이다. 그런데 문제는 예술에 미치고 사랑에 미친 게 아니라 엉뚱한 것(유한한 권력)에 정신 줄을 놓은, 그야말로 '돌아버린' 자들이 세상을 소란스럽게 만든다는 사실이다.

미친 자들은 대체로 말이 많다. 그것도 함부로 한다. 사람들을 지치게 만드는 게 미친 자들의 특기다. 반대로 남을 위해 생각을 많이 하는 사람이 있다. 남을 향한 생각이 남을 향한 말보다 길고 그윽하면 거기서 향기가 난다. 자비로운 부처님껜 죄송하지만 이 미쳐가는 세상에 살아남아서 희망을 되살리려면 일단은 미친 척해야 하는 게 아닐까 조바심이 든다. 그렇게라도 해서 가까스로 정상 부근에 미친(도달한) 후에 '사실 나는 미치지 않았다'고 고백하면 사람들은 믿어줄까?

말하는 습관, 지적하는 습관

"주문하신 커피 나오셨습니다." "5,600원 되시겠습니다." 이런 말을 들으면 기분이 어떤가. "요즘 카페에서 일하는 젊은이들은 대부분 그렇게 말하던데 뭐." 이러면서 넘어갈 사안이 아니므로, 나는 이런 말을 들으면 욕먹을 각오하고 한마디 던진다. "주문은 고객이 하신 게 맞는데 커피는 나오신 게 아니라 나온 게 맞죠." 바쁜 아르바이트생에게 격려의 말을 건네지는 못할망정 '지적질'까지 하는 스스로가 썩 달갑지 않으면서도 국어교사의 피가 흐르는 나로서는 이런 '계몽'을 참아 넘기기가 몹시 힘들다.

이런 일을 지적할 때는 표정과 소리가 중요하다. 야단

치듯이 하면 반성은 없고 반발만 불러온다. 잔소리로 여겨지면 감정만 남고 교훈은 종적을 감춘다. 웃는 표정(비웃는 표정 절대 금지)으로 부드럽게 얘기해주면 상대방은 대체로 고마워한다. 변화는 거기에서 시작한다.

떠오르는 과거사 한 토막. 유명한 어느 배우와 20년 넘게 호형호제하며 지내다가 거의 10년째 연락 두절 상태다. 이유는? 오로지 '내 탓이오'다. 나의 참을 수 없는 '교육 강박'이 화근이었다. 특강을 부탁할 때마다 그가 기꺼이 와주었는데 그런 그를 내가 간간이 지적했다. 얼마 지나지 않아 사람 좋은 그가 마침내 폭발했다. 강의 도중에 내가 살짝 끼어들었는데 그게 자존심을 건드린 모양이었다. 내가 좋은 뜻으로 한 행동이었음을 그도 인정했지만 결과는 어긋났다. "내가 틀린 말 한 건 아니잖아"로 시작된 언쟁이 "형은 늘 가르치려고만 해"로 마무리됐다. 그 후 서로 전화를 주고받지 않았다. 지금 이 글은 '바른 어법 전도사'의 해명서가 아니라 '밴댕이 속을 가진 교사'의 반성문이다.

습관은 바꾸기 힘들다. 내친김에 지적을 하나 더 추가

해야겠다. 바른말 무시(무지) 현상이 요즘 예식장 안에서도 확산되고 있다. 가끔 주례하러 갈 때마다 '주례사님이세요?'라는 질문을 받는다. 젊은이들은 교사, 목사, 의사, 변호사, 주례사 이렇게 유추하는 모양이다. 한자 교육이 아쉬운 순간이다. 허둥지둥 바쁜 직원을 '빨간펜 선생님'은 역시 그냥 놓아주지 않는다. "덕담하는 사람은 그냥 주례라 부르고요, 주례사는 주례가 하는 덕담이랍니다." 젊은 직원이 호의로 받아들였는지는 체크하지 못했다.

심히 우려되는 또 다른 언어 습관. 바로 인터넷상의 악성 댓글 문제다. 글쓴이의 의도나 맥락과는 무관하게 상대를 공격하고 깎아내리는 일은 비단 하루 이틀 이어져온 문제가 아니다. 언어란 사람을 살릴 수도 있고 죽일 수도 있는 칼과 같다. 그렇기 때문에 칼을 쓸 때처럼 조심해야 한다. 익명의 공간이 제공하는 편리함에 숨어 칼을 무차별적으로 휘두르는 사람들을 실제로 대면해보면 너무나 평범해 놀라울 정도다.

이처럼 자신도 모르게 습득되고 무심하게 튀어나오는

잘못된 언어 습관은 사소한 듯 보여도 무서운 힘을 지니고 있다. 그러므로 문법에 어긋나는 말뿐만 아니라 아무렇지도 않게 사용하는 비속어, 은어, 욕설 등 평소 자신이 쓰는 언어를 객관적으로 돌아보고 수시로 점검하는 자세가 반드시 필요하다.

안녕을   묻다

　　　　　한 해에 국가기념일이 45개나
된다. 오늘도 '무슨 날'이다. 우리 세대에겐 '학생의 날'이
친숙한데 달력에는 '학생독립운동기념일'이라고 적혀 있
다. 국사 시간에 배웠다. 1929년 11월 3일 광주역 앞. 한일
학생들 사이에 충돌이 발생했다. 일제는 열흘간의 휴교령
을 내려 봉합하려 했다. 애국청년들의 저항은 수그러들지
않았다.

　〈대학가요제〉에 출연했던 재호와 승직이를 만났다.
1997년 전북 지역 예선에서 1등을 한 '하모니' 팀이다. 곡
목이 인상적이었다. 〈학교는 오늘도 안녕하다〉. 이 말은
배상환 시인의 시집 제목이기도 하다. 학부형이 된 재호는

초등학생 아들이 사물놀이에서 꽹과리를 쳤다며 대견하다고 덧붙인다. 걱정이 아니라 자랑을 하니 듣기에 흐뭇하다. "재호는 아직 안녕하구나."

학생들이 '독립'이라는 단어를 어떻게 느끼는지 궁금하다. 만약 학생독립운동기념일 특집프로그램을 기획한다면? 제목을 좀 삐딱하게 '노예 12년'으로 하고 싶다. 아카데미 작품상을 받은 영화 제목에서 따왔다. 초중고 12년이 노예 생활과 비슷하다는 데서 착안했다. 자율성과 독립심을 길러주는 가정과 교실의 모델을 전 세계에서 수집하고 싶다. 괜한 짓일까.

엄마는 자식의 시간표를 짜주는 걸 모성애로 간주한다. 그리고 시간표대로 집행하고 빈틈없이 수행한다. 엄마는 24시간 감시자다. 딱해서 묻는다. "아이를 왜 노예로 만드세요?" 엄마의 표정이 절박하다. "아이가 아니라 엄마인 제가 노예랍니다." 처지를 알긴 아는 것 같은데 그래도 이 말만은 전해야겠다. "집안이 노예 소굴이로군요. 엄마도, 아이도 모두 노예니까요."

어버이날, 스승의날에는 부모와 스승의 가슴에 꽃을 달아준다. 학생의 날에는 무엇을 달아줄까. 오늘 하루 마음껏 놀아봐라? 그럴 분위기는 아니다. 어떻게든 대학을 가야 하고, 그것도 이름난 대학을 향해 달려야 한다. 그러나 모두가 그리로 갈 수 없으니 문제다. 적재적소는 사전에나 있는 말이 된 지 오래다. 적성이 아니라 (굳이 글자를 뒤집어) 성적으로 배치하는 관행은 오랫동안 철통같이 유지되고 있다.

히든 싱어,　　　 히든 마더

"그 프로 재밌던데요." PD는 직원들에게 이런 인사를 받으면 금세 화색이 돈다. "녹화할 때 방청할 수 없나요." 이런 요구가 들어오기 시작하면 철야의 기억도 무뎌진다. 무거웠던 걸음이 빨라지고 입에선 휘파람이 나온다. 군자 되기 참 어려운 직종이 예능 PD다.

어쩌면 하루살이, 아니 일주일살이라 해도 무방하다. '남이 알아주지 않아도 노여워하지 마라(人不知而不慍)'라던 공자의 말은 가혹한 주문이다. 아무도 눈길을 안 주는데 전파를 계속 '낭비'한다면 그건 이 바닥에서 대역죄다. "호응을 못 얻는 자, 무대를 떠나라." 'PD 명심보감'이라는 책이 있다면 맨 앞장에 이런 말이 적혀 있을 것이다.

JTBC에서 〈히든싱어〉를 연출한 조승욱 PD는 한동안 '감옥살이'를 했다. 그가 연출한 오디션 프로 〈메이드 인 유〉가 제로에 가까운 시청률을 기록한 탓이다. 꽃미남 송중기 MC에, 사상 초유의 1백만 달러 상금까지. 화제성이 충분한데도 반응이 없었다. 채널 인지도가 어떻고 편성 시간이 어떻고. 이런 건 패장의 유언에 불과하다. 그 당시 조 PD의 겨울은 꽤나 춥고 서러웠을 것이다.

불행은 행복의 예고편이라 했던가. 반면교사였던 그가 기사회생했다. 미약한 채널 환경을 감안하면 만루 홈런에 가깝다. 절망의 표본에서 졸지에 희망의 증거가 되었다. 장난삼아 〈메이드 인 유〉를 환기시키려 하자 그가 제동을 건다. "금기어는 삼가주세요. M자만 들어도 식은땀이 나거든요." 그러나 그에겐 M 대신 H(〈히든싱어〉의 두음)가 있다.

〈히든싱어〉의 흡인력은 모창자의 탁월한 실력과 원곡가수의 겸손한 매력에서 나왔다. 제목 자체에 두 가지 의미가 '숨어' 있다. 숨어 있던 전국의 모창 능력자, 그리고 방송에서 그들 속에 숨어 얼굴을 가려야 하는 유명 가수.

좋은 아이디어이긴 한데 실행에 옮기기까지 상황이 호락
호락하진 않았을 것이다.

PD는 종종 고양이 목에 방울을 달아야 한다. 〈히든싱
어〉에서 고양이는 오리지널 가수였다. 말이 좋아 '숨는' 것
이지 무대 뒤에서 보면 우스꽝스런 통 속에 웅크리고 있는
모양새다. 그 불편한 공간에서 가창력을 뿜어내야 하는 처
지. 프로 가수가 '내가 어떻게 저들과 한 통 속에 들어간단
말이야' 한다면 프로그램은 미완의 아이디어에 그칠 수밖
에 없었을 것이다.

문득 기억의 회로 한 편이 작동한다. '숨은 엄마 찾기'
다. 1990년대 전 국민을 웃기고 울렸던 '그리운 어머니'.
자기 어머니가 아닌 걸 뻔히 알면서도 수많은 젊은 병사들
이 무대로 달려 나와 "우리 어머니가 확실합니다!"라고 외
쳤던 그 프로그램. 아무도 그들의 '부정직함'을 나무라지
않았던 그 시절. 시청자는 왜 그토록 관대했을까. 그리움
이 와닿았기 때문이다. 사랑이 절절했기 때문이다.

상상해본다. 만약 어머니를 숨기지 않고 곧장 무대로

불러냈다면 어땠을까. 재미와 감동은 절반으로 줄었을 것이다. "과연 누구의 어머니일까." 가슴 졸이며 기다릴 때의 궁금증, 가짜 아들들의 재치와 재롱. 드디어 모자 상봉이 성사되는 순간 〈우정의 무대〉는 어머니가 가져온 떡 보따리보다 더 달콤한 감동을 선사했다.

〈히든싱어〉 역시 핵심은 사랑이다. 음악을 애호하는 사람들의 유대감을 통해 우리는 눈물 없던 시절로 여행을 떠난다. 기억 속의 멜로디는 우리를 하나 되게 만든다. 이문세는 자신보다 더 이문세처럼 노래하는 모창자를 보며 '혹시 내가 저 사람의 인기와 명성을 훔친 게 아닐까?' 하는 조바심이 들었을지 모른다. 그런 면에서 〈히든싱어〉는 가수에게 초심을 되살려주는 프로그램이었다. 아무것도 아니었던 내가 이렇게 과분한 인기를 얻다니. 그러니 그가 잠시 웅크려 있던 통은 '겸손과 감사의 상자'라 부를 만하다.

가끔은 받아쓰기를 해보자. '있다'와 '잇다'는 발음이 똑같다. '없다'와 '업다' 역시 장단이 다를 뿐 발음은 같다. 있는 엄마를 잊고 사는 건 아닌지. 없어진 줄 알았는데 실은 등 뒤에 업고 애타게 찾아다닌 건 아니었는지. 하기야 '히든 싱어'건 '히든 마더'건 진짜 가수, 진짜 엄마를 찾는 게 목표는 아니다. 오늘도, 내일도 우리가 찾는 건 진짜 사람, 진짜 사랑이다.

상식   수준의   연민

　　　　　　나이 들어 그런가. 강아지가 점
점 좋아진다. 예전엔 '개 닭 보듯' 했다. 지금은 누가 강아
지랑 걸어가면 강아지에게서 눈을 떼지 못한다. 〈TV 동물
농장〉에 강아지가 나오면 역시나 시선 고정이다. 이건 약
과다. 충무로 근처에 가면 일부러 애견거리를 거닐 지경이
되었다. 개를 키우면 되지 않느냐고? 그럴 계획은 없다.
엄두가 나지 않는다. 아파트에 사는 데다가 집을 비우는
시간이 많기 때문이다. 아니, 솔직히 고백할까? 키우는 건
좀 귀찮다. 여러 가지로 번거롭다. 그런데도 바라보는 시
선만큼은 애틋하다. 가끔씩 눈에 밟히고 마음을 긁힌다.

　　이쯤에서 독자들은 나의 이기적인 취향을 알아차렸을

것이다. 난 강아지를 좋아하는 것일 뿐 사랑하는 게 아니다. 좋아하는 건 내가 좋은 것이고 사랑하는 건 상대가 좋은 것이다. 꽃이 좋아서 꺾고 그걸 화병에 꽂은 다음 며칠 지나 싫증 나면 분리수거하는 사람이 꽃을 사랑한다고 우길 수 있나? 상대의 성장을 돕고 상대의 입장을 존중해야 사랑이다. 동물원에서 과자를 던져주는 정도론 어림없다.

날이 더워지면 누구는 으레 물을 것이다. "멍멍이 좋아해?" 그 친구는 개를 음식으로 간주한다. 개가 가엾지 않느냐고 물으면 그 친구는 소가 더 불쌍하다고 받아칠 것이다. 그러니 그냥 가볍게 거절하면 시간을 절약할 수 있다. 소신을 나무라면 얘기가 길어진다.

키운다고 다 사랑하는 것도 아니다. 개가 짖는다고 성대를 제거하거나 목줄을 짧게 묶어 온종일 좁은 공간에 가둬두는 사람이 과연 진정한 애견인일까? 그리고 보니 충무로 애견거리도 개를 진짜 사랑하는 거리는 아닌 듯하다. 태어나자마자 어미와 이별하고 유리창 앞에 진열된 개들의 처지를 상팔자라 할 순 없다. 친구들이 팔려가는 모습을 보느니 차라리 잠을 자는 편이 나을지도 모른다. 그래서일까. 애견숍 유리창 너머에는 유난히 자는 강아지들이 많다.

동물자유연대 조희경 대표는 몇 년 전 《아주 상식적인 연민으로》라는 책을 낸 적이 있다. 연민이라는 단어가 심장을 두드린다. "아프냐? 나도 아프다." 둘러보면 사람 사이에도 연민이 사라지고 의심("진짜 아프냐?")이 요동친다. "아프건 말건 내 알 바 아니고." 이렇듯 무정한 건 '쿨'한 게 아니다. 그냥 차가운 거다.

체형, 체격, 체질은 쉽게 바뀌지 않는다. 이보다 훨씬 더 중요한 것이 체온이다. 정상 범주에 못 미치거나 정상 범주를 넘어서면 그땐 죽음이다. 쉼터, 배움터, 일터를 살아 있는 봄날의 온기로 채우려면 상식 수준의 연민이면 충분할 듯싶다.

인생   음반을   만난 순간

         싱숭생숭. 가을이 저물고 졸업이 코앞에 닥친 1977년 초겨울 어느 저녁 대학 캠퍼스. 고등학교, 대학교 모두 3년 후배인 근홍이가 우람한 몸집에 장발을 펄럭거리며 신당동 집으로 불쑥 찾아왔다. 지금 같으면 문자라도 몇 자 미리 날렸을 테지만 그때는 거리마다 공중전화가 즐비하던 시절이라 연락 없이 무턱대고 집으로 들이닥쳐도 그다지 이상할 게 없었다.

    근홍이는 공대생인데 다방면에 호기심이 많고 무엇보다 대중음악에 관심이 남다른 녀석이었다. 방에 들어오자마자 가방에서 LP 한 장을 꺼내 "형, 졸업 선물" 하더니 씩 웃으며 설명을 덧붙였다. "우리 과 친구 창익이가 드럼을 좀 치는데 이번에 자기 형들이랑 앨범을 냈어요. 한번 들어봐요. 정신이 번쩍 들 거야."

음반 표지부터 색달랐다. '초등학생'이 크레용으로 그린 그림 속엔 사람과 자연, 문화와 문명이 공존하고 있었다. 태양과 꽃, 나무, 자동차, 자전거가 그려져 있었고 시계 옆에는 '아니 벌써'라는 네 글자가 뚜렷했다. 그 위엔 좀 더 큰 글씨로 '산울림'이, 밑에는 '불꽃놀이', '문 좀 열어 줘'라는 노래 제목이 나란히 적혀 있었다.

가요를 친구 삼아 지내던 터라 대학 4년 내내 아르바이트비를 모아 장만한 별표 전축은 당시 나의 보물 1호였다. 턴테이블 위에 디스크를 조심스레 얹는 순간 심장을 쿵쾅쿵쾅 뛰게 만드는 사운드의 폭격이 개시되었다. "아니 벌써 해가 솟았나. 창문 밖이 훤하게 밝았네." 산울림과 나의 역사적 만남은 그렇게 시작되었다.

최고의 졸업 선물을 미리 받은 그날 이후 나는 완전히 산울림 삼형제의 정서적 포로가 되고 말았다. 〈아니 벌써〉부터 마지막 트랙의 〈청자〉까지 듣고 또 듣고 부르고 또 불렀다. 한때 나의 눈길과 손길이 닿았던 음반들은 이제는 유통기한이 지난 연애편지처럼 되어버렸고, 내 청춘의 부활을 알리는 〈불꽃놀이〉는 대학 4년의 마침표를 느낌표로 바꿔주었다. 특히 〈문 좀 열어줘〉라는 산울림의 애틋한 절규는 "무엇을 할 것인가 둘러보아도 보이는 건 모두가 돌아앉았던"(송창식 노래 〈고래사냥〉 중에서) 엄혹한 시대의 청년에게 한줄기 햇살 같은 주문이 되었다.

그래서인지 방송사에 PD로 들어온 후 스튜디오에서 맞닥친 김창완이 왠지 오래전부터 '아는 형님'처럼 상냥하게 느껴졌다. 나는 그의 허락도 받지 않고 바로 그를 형이라 부르며 접근했다. 그러면서 막내(김창익)의 친구인 근홍이한테 음반을 선물받은 과거사부터 시작해 군대 가기 전 모교에서 국어 교사를 할 때 산울림의 노래 가사를 과감하게 (?) 수사법 교재로 사용했다는 회고담, 그리고 산울림의 모든 음반을 나오는 즉시 줄 서서 구매했다는 애정 고백, 스물여섯 늦은 나이에 입대한 후 논산훈련소에서도 '형'이 만든 수많은 노래들을 입에 달고 다녔다는 일화까지 수다스럽게 털어놓았다. 특히 "언젠간 가겠지 푸르른 이 청춘 지고 또 피는 꽃잎처럼"으로 시작하는 〈청춘〉은 연무대의 눈물고개에 힘없이 던져진 나를 일으켜 세워준 희망가였음을 절절하게 증언했다.

대중가요에는 사운드와 메시지 그리고 이미지가 있다. 울긋불긋 그림을 그린 '어린아이'는 알고 보니 산울림의 맏형 김창완이었다. 무대에 데뷔한 지 40년이 넘는 지금도 김창완은 TV, 라디오, 공연 무대에서 재능과 열정을 여전히 발휘하고 있다. 영원한 활화산 청년의 힘은 도대체 어디서 나오는 걸까.

보면 볼수록 다빈치 같은 사람인 김창완의 연기를 보고, 그의 음악을 듣고, 그가 쓴 글을 읽고, 그가 그린 그림을 마주할 때마다 '인생은 짧고 예술은 길다'라는 말의 위력을 실감한다.

세월이 흘러 막내인 창익은 불의의 사고로 저세상 사람이 되었고, 산울림을 내게 소개한 근홍이는 지금 어디서 무엇을 하며 사는지 종적이 묘연하다. 하지만 내 마음속 동화 같은 그림과 노래의 울림은 오늘도 나에게 낡은 사람이 되지 말라고 나직이 속삭인다.

인연이 모여   인생을   만든다

김진혁공작소에선 무엇을 공작
할까. 내가 아는 김진혁은 공작원이 아니라 다큐멘터리
PD다. 토목공학을 전공한 까닭에 '공작소'라는 튀는 이름
을 지은 게 분명하다. 김진혁은 〈SBS 스페셜〉, EBS 〈세
계테마기행〉을 연출했고 KBS 스페셜 다큐멘터리 2부작
〈당신의 몸〉으로 주목받았다.

김진혁 PD와는 사제의 연으로 출발했지만 지금은 호
형호제다. 인격적인 스승보다 인간적인 형이 홀가분하다.
1991년에 나는 방송사 PD, 그는 방송아카데미 수강생이었
다. 그런 그와는 28년이 지난 지금 만나도 어색하지 않다.
작품에서 그의 숨결을 느껴온 까닭이다. 살결보다는 숨결

이 강렬하다. 그래서 오래간다.

　김진혁이 대뜸 내가 내뱉은 문장 하나를 기억해낸다. "넌 얼굴이 잘생겼으니까 좋은 인상을 밑천으로 좋은 인생을 연출해라." 내가 다른 말도 많이 했을 텐데 그는 특히 이 말을 오랫동안 간직해온 모양이다. 그리고 세월이 지나 그걸 선물처럼 꺼낸 것이다. 만약 내가 "잘생긴 것 믿고 까불다간 한방에 훅 간다"라고 위협했다면 재회가 달갑지 않았을 것이다. 겁을 주는 건 이류의 처신이다. 희망을 주면 보복 대신 보답이 온다.

　몇 년 전 〈따뜻한 말 한마디〉라는 월화드라마가 방영된 적이 있다. 삶을 돌아보게 만드는 제목이다. 진심이 담긴 따뜻한 말 한마디로 좋은 인연이 시작된다. 좋은 가정, 좋은 사회가 펼쳐진다. 어린이, 젊은이의 가슴에서 자란 그 씨앗이 꽃으로 자라 황혼의 들녘을 물들인다면 돈 없는 노후도 그다지 서럽지 않을 것이다.

　부모와 교사에게 나는 '8따2따0따'를 권한다. 열 마디 중에 여덟 마디는 따뜻하게, 두 마디는 따끔하게, 따분한 말은 아예 하지 말라는 뜻으로 내가 만든 말이다. 나는 기억한다. 그때 그 말이 얼마나 졸리고 지겨웠는지. 상처를 주면서도 널 위해 하는 말이라고 우기던 그 어색한 표정. 사랑과 지혜가 없는 화자의 쓴소리는 청자에겐 헛소리에 불과하다. 그걸 길게 하는 건 상대의 시간을 도둑질, 난도질하는 행위다. 돈 훔치는 사람만 나쁜가. 시간을 훔치고 흠집 내는 사람의 죄질도 결코 가볍지 않다.

김 PD에게 어머니의 안부를 물었다. 그의 어머니 손영자 여사는 당시 쉰이 넘은 나이로 드라마작가반에 다녔다. 특별한 모자 이야기만으로도 〈인간극장〉 한 주 분량은 거뜬히 뽑아낼 수 있을 게다. 어머니가 지은 드라마가 방송을 타지는 못했지만 그녀가 키운 자식 셋의 인생은 드라마보다 완성도가 높아 보인다. 아들의 표정에 자부심이 묻어난다.

취재와 촬영에 시간이 금싸라기일 텐데 김 PD는 뜻밖에도 요즘 춤에 푹 빠져 있단다. 하기야 춤은 몸의 움직임 자체가 예술이 되는 각별한 장르다. 그의 춤바람이 또 어떤 명작을 빚어낼지 자못 기대가 크다.

잘   알지도   못하면서

JTBC 드라마 〈무자식 상팔자〉의 시청률이 고공 행진 중일 때 얘기다. 두 자리 숫자의 시청률이 눈앞에 닥쳤다. 지상파 기준으로 보면 '그 정도 가지고 웬 호들갑이냐'며 웃을 수도 있다. 그러나 0.1의 가치를 온몸으로 겪으며 배운 자들에겐 눈물이 묻어나는 숫자다.

작가의 내공이 빚은 예견된 결과였지만 모두가 박수를 보내진 않았다. 채널 이미지를 문제 삼으며 여전히 시비를 거는 이들이 있었다. "결국 돈의 힘이지." 완전히 틀린 말은 아니지만 정확히 맞는 말도 아니었다. 김수현 작가를 돈으로만 움직일 수 있는가. 수없이 만나 진심을 보인 후 얻어낸 한마디. "어렵게 태어난 신생 방송에 힘을 실어주는 것도 의미가 있겠네."

첫 회 시청률이 나온 후 작가로부터 문자메시지를 받았다. "종편 담장이 높네요." 바로 답신을 보냈다. "담장을 부수는 게 목표가 아닙니다. 담장을 타고 올라야죠."

그 주엔 큰아들(유동근)의 주사가 담벼락을 탔다. 평소 아내(김해숙)를 훈육주임으로 모시던 그가 독기를 내뿜는 장면이었다. 저래도 될까 싶을 정도로 욕설이 이어졌다. 아내는 그걸 녹음해서 시아버지(이순재)께 이른다. 문제는 술이 깬 후. 다시는 이런 일이 없을 거라고 빌지만 아내는 냉랭하다. 그런 일이야 없겠지만 그런 마음이 사라질 성싶지 않기 때문이다.

맞다. 술의 힘을 빌렸지만 그건 평소 그의 장독에서 익어가던 감정의 진액이다. 교훈은 뭘까. 행복이란 게 지속 가능한 평화라고 믿는다면 말은 반드시 가려서 해야 한다. 그리고 마음속 원한은 원인부터 찾아 하나하나 차분히 풀어내야 한다. 그게 순서고 도리다.

김 작가의 드라마에는 오래된 것들의 향기와 풋풋한 비린내가 공존한다. 가족의 소중함과 더불어 약자에 대한 유별난 연민이 있다. 잔소리(?)가 너무 많아서 지겹다는 시청자도 더러 보았다. 하지만 나는 그것조차 정겹게 들린다. 세상을 오래 지켜본 할머니의 사랑, 누룩 같은 노파심이란 그런 것 아닐까.

선배에게 들은 이야기 중엔 이런 것도 있다. 김 작가의 작품을 어떤 기자가 불륜 조장이라고 끈질기게 몰았다. 어느 날 드라마에 그 기자의 이름이 등장했다. 그런데 놀라지 마시라. 사람이 아니라 멍멍이 이름이었다. 작가는 커튼 뒤에서 이 말을 전하고 싶었던 게 아닐까. "잘 알지도 못하면서."

홍상수 감독의 영화 중에는 특이한 제목들이 꽤 있다. 그중에서도 이건 여운이 남다르다. 〈잘 알지도 못하면서〉. 그래, 생각 좀 해보자. 우리는 잘 알지도 못하면서 얼마나 아는 체를 하는가. 잘 알지도 못하면서 함부로 말했다가 타인의 삶을 울적하게 한 적이 얼마나 많은가.

대중문화계에 김 씨 성을 가진 큰 누님이 세 분 계신데 가나다순으로 김수현, 김혜자, 패티김이다. 그분들과 대화를 나누다 보면 배우는 게 많다. 그러면서 반성도 한다. "사람들은 잘 알지도 못하면서 말을 참 쉽게 옮기는구나." 변호인은 아니지만 내가 그 경우라도 억울할 것 같은 이야기를 하나씩만 해보자.

김혜자는 이런 질문을 받을 때 곤혹스럽다. "당신은 왜 가까운 이웃을 돌보지 않고 멀리 아프리카까지 가시나요?" 눈길 끌려고, 아니 인기 끌려고 그러는 것 아니냐는 말투다. 조금만 헤아려보면 그게 아니라는 답이 나올 텐데 일부 사람들은 딱 거기서 생각을 멈춘다. 그녀가 답한다. "어떤 계기로 아프리카에 갔는데 눈앞에서 죽어가는 어린이를 보았다. 그때 결심했다. 아, 남은 인생 동안 이 아이들을 힘닿는 데까지 도와야겠구나."

패티김은 해외에 머물다가 돈이 떨어지면 국내로 슬그머니 들어와 공연한 후에 다시 출국한다는 소문이 사실과 전혀 다르다고 해명한다. 본인은 국내에서 주로 지내며 연습하고 또 연습해서 다음번 팬들과의 만남을 항상 준비해왔다는 거다. 무대 위의 마녀는 화려할 것 같은데 의외로 소탈하기 그지없다. 오랫동안 정체를 숨겨온 걸까. 아니다. 그 정도로 프로라는 얘기다.

　말이 많아도 걱정, 없어도 걱정이다. 그러나 이것 한 가지는 염두에 두자. 세상엔 안 해도 될 말이 있고 안 하면 더 좋을 말도 있다. 가슴에 손을 얹고 다짐하자. 누가 '잘 알지도 못하면서' 내 말 하는 게 싫다면 나도 '잘 알지도 못하면서' 남의 말 함부로 하지 말자고.

광화문의   두   사람

식스 센스를 지니지 않아도 죽은 사람을 만날 수 있다. (말하자면 '태어난 지 오래된 사람'이다.) 사직단 근처에 살다 보니 '특별한' 두 사람과 자연스레 가까워졌다. 한 사람은 앉아서, 한 사람은 서서 나를 맞는다. 그들 뒤로 보이는 글자가 두 사람과 제법 어울린다. 빛(光)이 된(化) 두 사람. 몇 백 년 전에 태어났지만 오늘도 살아서 말을 건넨다.

햇빛 아래에서 사진 찍는 중학생을 보니 다가가 권하고 싶다. "마음의 셔터도 열어봐. 손만 움직이지 말고 귀도 기울이면 기억이 더 빛을 발할 테니까." 그분들의 영혼까지 인화한다면 리더십 책 몇 권 읽는 효과는 거뜬히 넘어서지 않을까?

　세종대왕은 '공감 능력'의 지존이다. 단계별로 살펴보자. 임금 중에는 백성들에게 억울한 일이 있는지 없는지 관심조차 없는 인물도 더러 있었다. 간신들은 이익 나는 망으로 걸러 듣기 좋은 말만 고했다. 안일한 전문가들(?)에게 둘러싸이면 눈 뜨고도 못 보고 귀 있어도 못 듣는다. 그러나 세종은 달랐다. 백성들이 하고픈 말이 많을 텐데 왜 전달이 안 되는지 의문을 품었다. "말은 쉬운데 글이 어렵구나." 그러니 백성이 얼마나 갑갑할까. 애달픈 사연도 '언문불일치'라는 오랏줄에 묶였을 테지. 세종이 엉뚱하게 '전 국민 한문교육 강화'라는 특단의 정책을 폈다면? 다행히 그런 일은 일어나지 않았다. 오히려 임금은 쉽게 통할 수 있는 글자를 직접 만들어야겠다고 결심했다. 국운이 걸린 야심찬 기획이었다. 끈질긴 '아니되옵니다'를 이겨내고 마침내 스물여덟 자를 창조한다. 고맙지 않은가. 그 덕에 지금 나는 닿소리, 홀소리 섞어가며 편안하게 소통 중이다.

　옆으로 조금만 걸어가보자. 나라를 구한 장군이 수없이 많은데 이순신 장군이 유독 광화문을 지키게 된 배경은 무얼까. 나는 그것을 '기록의 힘'으로 본다. 여느 장군들과 달리 그는 전쟁 중에도 일기를 꼼꼼히 쓴 사람이다. 일기가 무언가. 반성과 희망을 심는 일이다. 그는 위기 앞에서 한 발짝도 물러서지 않았다. 열두 척의 배로 상징되는 리더십의 요체는 모름지기 희망과 희생이었다.

상상하기 싫은 일이 자꾸 일어난다. 그러므로 '상상'만 하지 말고 '예상'도 해야겠다. 좋은 상상은 현실로 만들고 나쁜 예상은 대비해야 한다. 광화문의 임금은 권력을 창의적으로 썼고 장군은 소임을 위해 목숨을 던졌다. 똑같이 53년 동안 지상에 머문 그들은 세상을 뜬 후로도 긴 삶을 이어 나가며 조언을 건넬 자격이 충분하다.

연애에도   기획력이   필요하다

교정의 풍경은 다채롭다. 손을 꼭 잡고 걷는 학생들도 눈에 띈다. 표정은 밝고 걸음은 가볍다. "청춘은 아름다워." 강의실, 도서관, 교내식당에서도 늘 붙어 지낸다. "좋은 걸 어떡해?" 일종의 '소신파'다. 밀착의 정도가 과감한 커플도 있다. "학교에 연애하러 다니나?" 하지만 쓸데없는 걱정이다. 연애도 잘하고 학업에도 열심인 '알뜰파'도 많다. 서로의 과제를 도와주며 정보도 나눈다. 임도 보고 뽕도 따니 일거양득이다.

드라마를 많이 본 사람들은 발단, 전개에서 이미 위기, 절정을 예단한다. "저 커플이 언제 깨지나 보자." 우정의 시선일 리 없다. 어깨동무하던 연인들이 각자의 길을 가면 주위에서 소리가 들린다. "그럴 줄 알았어." "애초에 안 맞았다니까." 이런 말에 예민하게 반응한다면 고수가 아니다. 아무 일 없었다는 듯 표정은 밝고 걸음은 가벼울 때 '걱정파'들은 다시 초조함을 느낀다. 눈에 거슬리는 커플들을 물색하며 그들의 미래 보고서를 준비한다.

회사 다니기 지겨운 젊은이라면 사내 연애도 하나의 돌파구다. 사랑하는 사람이 가까이 있다는 사실에 하루가 설레지 않겠는가. 물론 주의할 점이 있다. 숨겨야 한다. 교내 연애와는 다르다. '학생연애사건'은 학점에 영향을 미치지 않는다. 하지만 부장은 회사에서 연애하는 부하직원의 인사고과를 높게 책정하지 않을 가능성이 있다. 혐의점이 발견되면 주변의 눈들이 CCTV로 바뀔지 모른다. 기억은 기록만큼 무섭다. 사내 연애의 묘미는 둘만의 비밀 공유다. 스릴과 서스펜스가 복도와 엘리베이터에 충만하니 커피를 든 손조차 떨리지 않겠는가.

네티즌 수사대의 실력이 일취월장인데 사내 연애의 보안이 어떻게 유지되나? 눈치 못 채도록 하려면 연기력이 필요하다. 업무도 빈틈없어야 한다. 들켰을 때 어떻게 대처할지 시나리오를 짜고 연습도 해두는 게 좋다. 중요한 건 타이밍이다. 결정적 순간에 결혼을 발표하고 그 장면을 찍어둬라. 경이로운 표정을 짓는 동료는 친구이고 경악을 금치 못하는 동료라면 경쟁자다.

나는 사내 연애, 교내 연애 다 좋다고 생각한다. 단 기쁨의 함량을 높이려면 연애에도 기획력이 필요하다. 안전장치이기도 하고 매너이기도 하다. 간혹 들려오는 유명인들의 결별 소식을 접하면서 문득 든 생각이다. 그들은 동료로 남을 거라고 말한다. 많이 듣던 얘기다. "동료에서 연인 되기는 쉬워도 연인에서 동료 되기는 쉽지 않은데." 어쨌거나 난 '걱정파'가 아니다.

예술이   주는   위로

한국 실험연극의 산실로 불리는 삼일로창고극장이 '다시' 문을 열었다. ('다시'는 언제 들어도 기분 좋은 부사다.) 그동안 문을 열고 닫기를 수차례 반복해왔는데, 서울문화재단 대표로 있을 당시 개관식 초대의 글을 의뢰받고 감개가 무량했다. 대학 시절에 연극을 처음 본 곳이 바로 삼일로창고극장이었기 때문이다.

명동성당에서 친구를 만나 극장 쪽으로 걸어 올라가던 시절의 발걸음은 꽤나 설레었다. 그 느낌을 어떤 언어들로 되살릴 수 있을까. 이럴 땐 노래가 제격이다. 예전에 흥얼거렸던 유행가 한 소절이 퍼뜩 스쳐 지나간다. "내일이면 추억 남길 삼일로 고갯길."

기억하는 사람이 많지 않겠지만 노래 제목은 〈삼일로〉이고 가수 이름은 여운이다. (여운은 지금도 가끔 〈가요무대〉에 출연한다. 야구선수 출신으로 선수 시절엔 아이돌 가수 못잖은 외모의 소유자였다.) 〈삼일로〉도 대중에게 사랑받았지만 여운의 최고 히트곡은 따로 있다. 〈과거는 흘러갔다〉다. 2절 가사가 특히 애잔하다. "잃어버린 그 님을 찾을 수 있다면 까맣게 멀어져간 옛날로 돌아가서 못다 한 사연들을 전해 보련만 아쉬워 뉘우쳐도 과거는 흘러갔다."

부활한 삼일로창고극장에서 '잃어버린 그 님'을 찾는다면 누구일까? 첫 번째로 떠오르는 인물은 연극배우 추송웅이다. (그와 동갑인 배우 김혜자, 나문희, 강부자 등은 지금도 장르를 넘나들며 활동 중이다.) 추송웅 하면 올드팬들은 두 작품을 기억할 것이다. 모노드라마 〈빨간 피터의 고백〉과 일일드라마 〈달동네〉다.

'빨간 피터'의 위력은 실로 대단했다. 기록에 의하면 그 작은 극장 앞에 몇 달 내내 수만 명이 날마다 줄을 서서 기다릴 정도였다고 한다. 의자도 없이 바닥에 앉아 연극을 보던 시절이었다. 그 많은 관객들은 도대체 무엇에 홀렸던 걸까?

도시 속 실향민들의 삶을 그린 〈달동네〉 역시 시청률이 엄청났다. 당시에 그는 추송웅이라는 이름 대신 '똑순이 아버지'로 더 유명했다. 흑백 TV가 컬러로 바뀔 무렵이어서 시청자들은 흑백의 달동네로 시작해 총천연색 달동네로 마지막 장면을 보았다.

삼일로창고극장에서 그리 멀지 않은 곳에 삼일빌딩이 있는데 이 삼일빌딩은 1970년대에 서울에서 가장 높은 건물이었다. 삼일로와는 관계없이 단지 31층이어서 삼일빌딩이라는 이름이 붙었다는 이 건물은 그 후 63빌딩이 생기면서 높이로는 명함도 못 내밀게 되었다. 지금 잠실에는 123층 건물까지 들어섰는데 연극배우가 서야 할, 서고 싶은 변변한 극장들은 왜 늘어나지 않는 걸까?

삼일빌딩은 그대로인데 삼일로창고극장에는 우여곡절이 많았다. 애초에 창고가 극장이 된 것은 참으로 아름다웠으나 반대로 극장이 창고가 되는 현실은 적잖이 안타까웠다. "예술이 가난을 구할 수는 없지만 위로할 수는 있습니다." 한동안 삼일로창고극장 외벽에 붙어 있던 '명언'이다. 과연 이 말에 몇 명의 배우가, 연출가, 극작가, 스태프가 위로받았을까? 오히려 그들을 화나게 만들지는 않았을까? 이는 추송웅 배우가 창고극장에서 안방극장으로 옮겨갈 수밖에 없었던 사연과도 무관하지 않을 것이다.

삼일로창고극장이 문을 닫은 이유는 여러 가지 기록으로 살펴볼 수 있다. 종합하면 한마디로 '경영난'이었다. 왜 이 땅의 연극, 아니 무대는 대부분 경영에 어려움을 겪었을까? 그 사태를 지켜보면서 김수영 시인의 시 〈공자의 생활난〉이 오버랩되기도 했다. (김수영 시인도 한때 연극에 몰두한 적이 있다.) 마지막 구절의 여운이 강렬하다. "그리고 나는 죽을 것이다."

부흥은 박수와 눈물로도 가능하지만 부활은 언제나 죽음이 전제조건이다. 죽어야 부활할 수 있다. 죽기를 각오하고 연극에 임해야 무대가 부활한다.

안방극장엔 광고와 영상이 있지만 창고극장엔 사람과 호흡이 있다. 살아 있는 사람을 만날 수 있기 때문에, 그들과 어둠 속에서 빛을 찾을 수 있기 때문에 관객은 극장을 찾는다. 삼일로창고극장이 지향하는 두 기둥은 품격과 파격이다. 삼일로창고극장은 초심, 진심, 열심을 바탕으로 시대정신과 청년정신을 놓치지 않을 극장으로 자리매김하는 중이다.

한국인이 가장 사랑하는 시로 윤동주의 〈서시〉가 뽑힌 적이 있다. 거기에 나온 다짐처럼 '모든 죽어가는 것을 사랑'하고 죽어가는 무대를 되살리기 위해 '주어진 길을 걸어가고' 싶다. 사실 그동안 많은 시인들이 〈서시〉를 썼다. 하지만 오늘만큼은 김수영의 〈서시〉에 나오는 구절로 오래된 희망을 불러내고 싶다. "그래도 나무는 자라고 있다."

꽃들은   어디로   가나

미술관 뒷마당 전체가 내려다보이는 아파트 10층. 주거 만족도가 10점 만점에 10점이다. 베란다 창문이 커다란 화폭이다. 사계절 풍경화다. 누군가 매일 그림을 바꿔 단다.

바람은 신의 숨결이다. 어제 다르고 오늘 다르다. 아침 다르고 저녁 다르다. 개나리가 행진하더니 어느새 벚꽃이 점령해버렸다. 점입가경. 그러나 고작 일주일이다. 생애 가장 아름다운 일주일을 보내고 벚꽃은 일제히 사라질 것이다. 근심은 없다. 봄은 또 찾아올 테니까. 꽃들은 약속을 지킬 테니까.

미술관 부근 찻집에서 오랜 제자를 만났다. 얼마 전에 메일을 보낸 친구다. 대학부속병원에 왔다가 내 연구실까지 무턱대고 찾아온 낭만파. 부재 사실을 알리는 '퇴근' 표시를 보자 왠지 억울해서 문고리를 잡고 두어 번 흔들다가 곧바로 주소를 확인하고 메일을 보낸 행동파이기도 하다. "원예학과 84학번으로 1학년 때 국어작문을 선생님께 수강하여 C⁺를 받은 서정남입니다."

얼굴은 기억나지 않는다. 어색하게 웃으면서 걸어오는 저 '아저씨'겠지. 명함을 내민다. 국립종자원에 근무하고 있단다. 전공을 잘 살렸구나. 그가 다니던 원예학과, 이웃해 있던 식물보호학과는 오래전에 없어졌다. 꽃은 없어지지 않는데 꽃을 기르고 보호해줄 사람들은 이제 키우지 않는구나. 세상이 참 약았다.

기억이 부활한다. 꽃향기, 커피 향기, 추억의 향기. 시간이 물들어간다. 듣고 보니 그동안 꽃에 관해 교재도 펴내고 신문에 연재도 오래 한 전문가였다. 칼럼 제목이 '꽃과의 대화'라고 한다. 메일 끝에 "꽃에 대한 글쓰기와 문화 콘텐츠로 '꽃 문화의 가능성'에 대한 보수 교육을 받고 싶

습니다"라고 쓴 게 빈말이 아니었다. '교육은 애프터서비스'
라는 신념이 굳어지는 순간이다. 오늘은 그에게 A⁺를 주고
싶다.

부활절이자 식목일인 어느 날. 성당과 교회에서 부활
절에 왜 하필 삶은 계란을 주냐는 인터넷 질문에 첫 번째
로 올라온 답이 '깨질까 봐'다. 김수환 추기경의 일화 한 토
막이 떠오른다. 삶이 뭔지 모르겠다며 묻는 사람에게 '삶
은(Life is) 계란'이라는 명언을 남기신 일. 알이 부화해야(깨
져야) 생명이 되듯 부활도 깨어야 이룰 수 있다는 말씀으로
다가온다. 마침 광화문에서는 '고난 받는 이들과 함께하는
예배'가 열렸는데 그 주제가 '곁에 머물다'였다. 내 곁에 꽃
보다 아름다운 사람들이 오래 머물 수 있도록 늘 깨어 있
어야겠다.

바람이   전하는   말

"연예인 가족이 왜 TV에 자주 나오죠?" 달갑지 않다는 표정이다. "저도 잘 모르겠어요" 라며 맞장구치고 넘어갈 수 없는 이력이라 궁색하나마 답변을 한다. "채널이 늘어나니 시간을 채우기 어렵지 않겠어요? 콩에 낯이 익다 보면 콩밭에도 눈길이 머무르리라 기대하는 거겠죠." 얄팍한 순발력이 궁핍한 창의력을 메울 순 없다. 시청자가 아니라 시청률을 중시하다 보니 급기야 '연예인 가족 총동원령'까지 발동한 것 아닐까.

연예인 가족 중에서도 특히 부모와 자식이 함께 출연하는 프로가 늘어나는 것은 또 다른 의미에서 문제라고 생각한다. 이러한 출연 방식은 누구의 아들, 누구의 딸이라는 이유로 연예계라는 열차에 무임승차하는 것이나 다름 없다. 게다가 의사 표현이 어려운 유아나 어린이의 출연이 늘어나는 것 역시 출연한 아이들이 성장 과정에서 겪는 원치 않는 스트레스를 감안할 때 썩 좋은 일이 아니다. 이럴 때야말로 PD의 역할이 중요하다. PD는 항상 필터 역할을 해야 한다. 어떤 출연자를 캐스팅할 것인가에 관해 PD는 양식과 양심을 지니고 지켜야 한다.

채널들은 언젠가부터 '말 잘하는 아저씨들'에게도 화면을 양도하기 시작했다. 이른바 정치평론가라 불리는 이들은 주로 집단으로 활동한다. 겹치기 출연도 예사다. 동업자끼리 경쟁하면서 시청률 올리는 법을 터득한다. 어떤 이들은 정치를 스포츠처럼 해설한다. 선거 직후에는 3전4기라는 말이 화제일 때도 있다. 중학생은 궁금할 것이다. "4전3승, 4전3패는 있는데 4전3기는 왜 없지?"라는 물음에 답한다. "그래서 한자 공부가 필요해. 일어나려면(起) 먼저 넘어져야(顚) 하기 때문이야. 넘어져도 계속 일어나려면 속으로 세 가지를 다짐해야 돼. 진실함과 간절함과 꾸준함. 한문 수업에 인생까지 배우니 넌 낙엽 쓸면서 돈까지 줍는 거다."

내친김에 홍수환 선수의 4전5기 기록을 들춰본다. 1977년 파나마에서 열린 WBA 슈퍼밴텀급 초대 타이틀 결정전. 2회에 네 번 다운된 뒤 3회에 KO승을 거둬 챔피언 자리에 올랐다. 비운의 상대는 카라스키야. 역전의 명수는 그 스토리 하나만으로도 강연 한두 시간을 너끈히 채운다. 젊어서 도랑 치고 황혼에 가재 잡는 사람이 부럽다.

정치평론가의 언어 영역은 경계가 모호하다. 가끔은 기상 캐스터를 방불케 한다. 선거 후폭풍 시기에는 역풍이라는 말도 자주 들린다. 이왕 넘나들었으니 '기상심리학'적으로 접근해보는 건 어떨까. "지금 넘어지고 바람 맞은 자들은 들으시오. 바람의 진원지는 그들이 아니라 그대 마음이오. 그런 마음을 먹었기 때문에 그런 바람에 휘말리게 된 것이오. 고개는 숙이되 생각은 멈추지 마시오. 이 바닥에선 바람과 함께 사라지는 듯 보여도 다시 바람과 함께 돌아오는 경우가 적지 않다오."

영화 〈바람과 함께 사라지다〉의 마지막 장면이 오버랩

된다. 작가인 마거릿 미첼이 애초에 소설 제목으로 쓰려 했다는 그 유명한 대사로 마무리하자. "내일은 내일의 태양이 뜬다(Tomorrow is another day)."

형이라   불러도   될까

방금 전에 내뱉은 말이나 행동
조차 깜빡하기 일쑤라면 사는 게 참 고단할 터다. 세수한
후 양치질을 했는지 안 했는지 가끔 헷갈려 칫솔에 묻은
물기로 양치질 여부를 확인한다는 학계 원로의 고백을 읽
은 적이 있다. 나이 앞에 장사 없다고들 하는데 반대로 오
래전 어느 날 오후의 일은 영화의 하이라이트처럼 생생히
남아 기억의 창고를 불현듯 시네마천국으로 만든다.

1969년이니까 중학교 2학년 때다. 같은 반 친구 광호네
에 놀러 갔는데 그 아이가 살던 곳이 당시에는 흔하지 않
던 아파트였다. 돈암동 시장 반경 1킬로미터를 벗어난 적
없던 내게 아파트는 생전 처음 보는 주거 형태였다. 게다

가 광호네에는 낯선 것들이 많이 있었다. 이리저리 둘러 보는 내 모습은 서울에 갓 올라온 시골 쥐 같았을 것이 다. 그런데 그때 어디선가 기타 소리가 들려왔다. 부드러 운 목소리에 실린 노래는 신중현 작사·작곡의 〈봄비〉였 다. "이슬비 나리는 길을 걸으면 봄비에 젖어서 길을 걸 으면"으로 시작하는 노래다.

광호가 자랑을 시작했다. "우리 형 대학 친군데 엄청나 게 노래 잘하는 사람이야." 내가 듣기에도 예사롭지 않았 다. 얼마 지나지 않아 바로 그 노래하던 형이 진짜 가수가 되었다는 소식을 광호로부터 전해 들었다. 시애틀에서 사 업을 하는 광호가 몇 해 전 귀국했을 때도 이 이야기는 당 연히 안주거리로 빠지지 않았다.

궁금한가? '절대 동안'이라는 애칭으로 지금도 〈열린 음악회〉나 〈콘서트 7080〉에 자주 나오는 이 가수 이름은 김세환이다. 〈토요일 밤에〉, 〈좋은 걸 어떡해〉, 〈길가에 앉아서〉 등 히트곡이 셀 수 없이 많다. 대학교 때 명동거리 를 걷는데 로보(Lobo)라는 가수의 〈스토니(Stony)〉를 부르는 목소리가 어느 건물에서 감미롭게 흘러나왔다. 누가 부르는지 궁금함에 몸이 저절로 움직여 건물 안으로 들어갔다. 〈스토니〉를 〈무뚝뚝한 사나이〉라고 번안해 부르는 형의 모습이 얼마나 멋지던지.

방송사 PD 생활을 꽤 오래 했는데 단 한 번도 세환이 형과 대화를 나눈 일이 없다. 실은 인사조차 건넨 적이 없다. 내가 마음속으로 세환이 형이라 부른다는 사실도 그분은 모를 것이다. 세환이 형은 몇 년 전 '세시봉 친구들'이라는 부제로 조영남, 송창식, 윤형주와 함께 예능 프로에 나와 장안의 화제가 되기도 했다. 그때 세환이 형이 툭 던진 말은 인터넷에서도 화제였다. "나도 환갑이 넘었는데 완전히 애들 취급하고 그래." 머쓱해진 영남이 형의 표정도 일품이었다. 대본도 없이 육순의 청년들은 TV에서 그렇게 '놀고' 있었다.

중년 시청자들의 반응은 따뜻하거나 뜨겁거나 두 가지 중 하나였다. 나이를 까마득히 잊은 그들의 농담은 여타 오락프로에서 쏟아져 나오는 일회성 신변잡기가 아니었기 때문이다. 그 어떤 드라마에서보다 감동적인 장면이 자연스럽게 연출되었다. 하모니의 아름다움, 동심의 소중함,

무엇보다 우정의 가치가 자연스럽게 드러난 시간이었다.

이렇게 늦은 나이에 세환이 형을 만나 형이라고 부를 수 있을까. 얼마 전 국방부에서 군인들을 대상으로 강의를 한 적이 있는데 행사가 끝난 후 몇몇 병사가 명함을 달라고 했다. 얼마 후 그들 중 두 사람이 찾아와 밥도 먹고 술도 한잔 마셨는데 흥이 좀 올랐을 때 그 친구들이 이런 질문을 했다. "뭐라고 부르는 게 좋을까요?" 난 망설임 없이 "형이라고 불러" 했다. 그랬더니 일고의 주저함도 없이 형이라 부르는 것이었다. 술 깨면 달라질까 했는데 그것도 아니었다. 대략 35년 차이 나는 동생 두 명이 한꺼번에 생긴 순간이었다. 그들도 용감하지만 나도 관대(?)하지 않은가?

인생은 울고 왔다가 울리고 가는 거라고 들었다. 그렇다면 그 사이에 많이 웃는 게 좋지 않을까. 세환이 형이 동안인 건 타고난 유전자 덕분이기도 하겠지만 얼굴에 늘 머물러 있는 부드러운 미소 덕분이 아닌가 싶다. 형을 만나면 이렇게 털어놓을 생각이다. 40년 이상 형을 지켜보았노라고. 이젠 당당히 형이라 부르고 싶다고.

써야 할   것들의   순서

드라마의 성패 여부는 종방연에서 드러난다. 현장에선 '종파티'라고 부르는 그 풍경은 대체로 두 가지. "작품은 좋았는데 운이 안 따라주네요." 시청률이 낮았다는 얘기다. 대화는 적고 술잔만 차분히 오간다. 한숨 소리도 간혹 들린다. 히트한 쪽은 정반대다. 웃음소리가 낭자하다. 주연배우 주변은 사진 촬영으로 분주하다. 여기저기서 덕담이 오간다. "속편 준비하셔야죠."

실패 원인은 보고서 한 장으로 모자라지만 성공 요인은 손가락 몇 개로 충분하다. 똑똑한 기획(예지력), 시간에 맞춰 잘 쓰는 작가(상상력과 체력), 적역을 맡은 배우(연기력), 다음 회를 기다리게 만드는 연출. 그 조합이 쉽지 않다.

몇 해 전 〈골든타임〉이라는 드라마가 방영된 적이 있다. 명품 의학 드라마로 시청률이 제법 높았다. 드라마가 끝나고 연출을 맡았던 권석장PD와 통화했다. 그는 20년 전 〈일밤〉의 조연출이었다. 당시를 돌아보면 그는 시작부터 남달랐다. 〈일밤〉의 인기 코너였던 '몰래카메라'가 문을 닫고 '시네마천국'으로 그 명맥을 이어갈 때 권PD는 물 만난 고기처럼 날쌔고 날렵했다. 월요일 아침이면 드라마 선배들이 "어제 나간 거 누가 찍었냐"고 물어보는 일이 잦았다. 대견해서 용돈을 쥐어주면 "푸른 것은 나를 기쁘게 한다"며 해맑게 웃었다.

승자의 무용담이 궁금했다. "완전히 골든타임이네." "운이 좋았죠." 행운은 실력자를 알아보는 법. "제목을 잘 지은 것 같아." "'나는 의사다'로 할까 하다가." 예능감이 살아 있다. "염두에 둔 모델이 있었나?" "현실에 없지만 꼭 있어야 할 것 같은 의사, 찾아보면 어딘가 있을 것 같은 의사죠." 그것이 드라마다. "성공 요인이 뭘까." 잠시 머리를 굴리는 듯하더니 나온 대답. "진정성? 환자를 대하는 심리, 태도의 진정성이 잘 전달된 것 같아요." 진정성의 핵심은 진실함과 간절함이다. 그것은 송신과 수신의 주파수가 맞을 때 완성된다. "캐스팅이 화제던데. 최인혁 교수로 나온 이성민은 어떻게 발탁했어?" "예전에 〈파스타〉 연출할 때 가능성을 봤죠." 그렇다. 연기는 기능성이 아니라 가능성이다.

캐스팅이란 결국 사람과 시간을 쓰는 일이다. 하지만 좋은 결과를 위해선 써야 할 것들의 순서가 있다. 돈부터 쓰거나 칼부터 쓰면 안 된다. 머리를 쓰고 마음을 써야 한다. 손도 쓰고 애도 쓰고 신경도 써야 한다. 마음을 움직이는 글을 쓰는 것도 방법이다. 쓰지 말아야 할 것들의 목록도 있다. 인상 쓰지 말 것. 억지 쓰지 말 것. 악 쓰지 말 것.

화제의 드라마는 한 시간 수업 교재로도 손색이 없다. 중증외상 환자에게 절체절명의 시간이 골든타임이란 건 지식의 범주지만 그 순간 누구를 만나는지에 따라 생명이 왔다 갔다 한다는 건 지혜의 영역이다. 골든타임이 일깨워 준 건 두 가지다. 첫째, 생명의 존엄이라는 가치는 만고불변이다. 둘째, 행운 혹은 불행이란 그때 그 자리에서 그 사람을 만나는 데서 시작된다.

히트한 드라마는 배우의 스토리도 덤으로 끼워 판다.

이성민 배우가 감독을 잘 만난 것도 행운이지만 이성민을 잘 만난 감독 역시 행운아다. 드라마의 탄생 과정은 결혼과 흡사하다. 만나고 만지고 만드는 것이다. 여기엔 호기심, 안목, 기술, 정성 그리고 사랑이 필요하다.

드라마가 끝나고 나자 배우 이성민 앞엔 기자들이 줄을 섰다. 질문은 예상대로였다. "당신 인생의 골든타임은 언제냐?" '바로 지금'이라는 예상 답안은 빗나갔다. "내 인생의 골든타임은 20대였죠. 대학로에서 연극 전단지를 붙이며 단속반에게 쫓기던 그 시절이 가장 전성기였습니다."

골든타임은 위기의 순간이자 기회의 시간이다. 거북이가 토끼를 이긴 건 '느려서'가 아니라 '꾸준해서'였다. 그리고 운이 따랐다. 모든 토끼가 그런 건 아닐 텐데 하필 자만에 빠진 토끼를 만난 게 행운이었다. '토끼와 거북'의 교훈을 학생들에게 전하려는 교사라면 이 점도 놓치지 말아야 한다.

두 　　　　　 물이 　　　　　 만나듯

탤런트 김혜자는 오랫동안 '국민 엄마'로 사랑받았다. 그 애칭을 가져다준 건 바로 MBC 드라마 〈전원일기〉다. 검색해보니 〈전원일기〉는 1980년 10월 21일부터 2002년 12월 29일까지 무려 1,088회나 방송됐다고 한다. 한국 드라마 사상 전무후무한 기록이다.

국민 엄마 옆에는 당연히 국민 아빠도 있다. 〈전원일기〉에서 김혜자의 남편으로 나왔던 최불암이다. 최불암은 지금도 서민적인 풍모로 '한국인의 밥상'을 찾아 전국을 누비고 있다. 두 사람은 〈전원일기〉에서 20년 이상 금슬 좋은 부부로 살았는데, 그들의 극중 이름을 아는 시청자는 거의 없다. 그저 영원한 양촌리 김회장 부부일 뿐. 내친김에 신상 기록을 뒤져보니 김회장님의 극중 이름은 김민재, 그 아내분은 이은심이라고 나와 있다.

김민재, 이은심은 몰라도 양촌리라는 마을 이름은 중장년 시청자들의 추억 속에 여전히 남아 있다. 그렇다면 양촌리는 과연 어디에 있을까? 이 질문에 대해 제작진은 무정하게도 행정구역상 양촌리는 존재하지 않는다고 단언한 바 있다. 하지만 실망하긴 이르다. 그런 설정이 오히려 양촌리를 국민 모두의 고향으로 만들었으니 말이다. 지도엔 없지만 마음속엔 있는 양촌리. 갈 수 없어서 오히려 그리운 그곳. 〈전원일기〉가 국민 드라마로 남은 이유다.

2주에 한 번 〈전원일기〉 녹화가 있는 요일이면 방송사 전체가 양촌리로 변했던 기억이 난다. 김회장 댁 식구뿐 아니라 일용엄마, 복길이, 응삼이, 귀동이, 쌍봉댁 등 마을 사람들이 분장한 채로 구내식당에 단체로 나타나 '새참'을 먹었다. 사진이라도 한 장 찍어둘걸 하는 생각이 이제야 든다. 한마디로 아련하고 아름다운 풍경이었다.

한때는 〈전원일기〉의 양촌리가 어렴풋이 양수리 근처가 아닐까 추측해본 적이 있다. 근거는 단순하다. 현장에서 쓰는 말로 그냥 이미지와 사운드가 비슷해서다. 경기도 양평군 소속이니 '양평(楊平) 군내의 물 좋은 마을' 정도로 편하게 상상했다. 최근에야 양수리가 남한강과 북한강, 양(兩)쪽의 물(水)이 만나는 곳이라는 걸 알았다. 순우리말 '두물머리'가 양수리라는 사실도 새삼 확인했다.

양촌리와 양수리가 이 글에 느닷없이 등장한 건 아니다. 그 배경에는 사십대 남성 박주성이 있다. 박주성 씨는 두 딸을 둔 아빠로, 서울문화재단 재직 시절 나의 수행비서이자 친구로 인연을 맺었다. 당시 나는 출근하러 집을 나서는 순간 곧바로 박주성 씨가 운전하는 음악실에 몸을 실었다. 내가 추천한 다이얼에 주파수를 맞춘 후부터 우리의 음악적 취향은 놀랍도록 빨리 닮아갔다. 음악이 나올 때마다 내가 해설을 덧붙이면 그는 차분하게 공감해주었다. 노래가 있고 미소가 있고 무엇보다 진심이 있는 작은 공간은 당시 나의 하루를 환하게 열어주었다.

월요일 아침에는 주성 씨가 주로 말을 하고 내가 맞장구쳤다. 그가 들려주는 이야기의 절반 정도는 양평 이야기였다. 그는 큰처남과 함께 깻잎, 상추, 생강, 배추, 감자에 더해 사과, 배, 포도, 자두까지 재배하는 주말농부였다. 올 해는 탄저병으로 고추 농사가 망했다고 말할 때는 영락없 는 양촌리(실제로는 양평 국수리) 농부였다. 봄에는 직접 키 운 감자 몇 알을 선물로 주기도 했는데 감자 찌는 냄새가 그렇게 달콤한지 나는 그때 처음 알았다.

친절한 주성 씨와 친구가 되면서 만남의 의미가 각별 해졌다. 다르게 흘러온 두 물이 양수리에서 만나듯 우리네 인생도 만남의 연속이란 생각이 들었다. 귀한 인연들로 채 우는 인생이 아름답게 느껴졌다.

더디게   늙는   법

　　중역보다는 현역이, 사장보다는
현장이 소중하다는 고백은 아무나 할 수 있는 게 아니다.
하지만 나이가 들수록 이 말이 가슴에 사무치게 와닿는다.
높은 자리도 좋지만 오랫동안 걷고 달릴 수 있는 낮은 자
리가 실은 더 행복하고 감사한 법. 그것은 세월이 가져다
주는 지혜로운 선물이나 다름없다.

　　연예계에는 고령인데도 현역으로 활동하는 이들이 몇
몇 있다. 이런 '행운아들' 중에 으뜸은 누구일까. 연기 분
야에서는 이순재, MC 분야에선 송해다. 2019년 기준 한국
나이로 각각 여든일곱, 아흔여섯이다. 대단한 분들이다.

도대체 이분들은 어떻게 이처럼 오랫동안 전문성을 발휘하는 걸까.

연기력이나 진행 능력만으로 가능한 일은 아니다. 우선 체력이 뒷받침되어야 한다. 건강관리는 필수다. 둘째는 꾸준한 자기계발이다. 아울러 시대정신을 읽을 줄 알아야 한다. 이전의 것을 반복하는 수준으로는 무대에서 오래 버티기 어렵다. 그리고 또 하나 중요한 것. 바로 행운이 따라주어야 한다는 사실이다.

행운은 스스로 만들어야 한다는 말도 물론 맞다. 그러나 대개 행운이라는 것은 별개로 존재한다. 행운은 사람의 특성을 엄밀하게 구별하는 안목을 지니고 있다. 또한 기막힌 후각도 가지고 있다. 행운은 열정의 냄새를 좋아한다. 열정이 없는 자에게 행운은 결코 다가오지 않는다. 실수로 왔다 하더라도 곧 떠나버린다. 그러므로 행운의 주인공들은 당연히 열정, 열심의 소유자들이다.

우리는 '성공한 노인들'을 통해 중요한 사실 하나를 배운다. '강한 자가 아니라 적응하는 자가 살아남는다'는 것.

내가 PD를 시작할 때만 해도 이순재 배우는 지금처럼 영향력 있는 사람이 아니었다. 그저 여러 동년배 배우 중 한 명이었다. 그러나 많은 경쟁자들이 사라지거나 잊힌 지금 이순재 배우는 무대에서, 브라운관에서 여전히 빛을 발하고 있다. 그 빛은 땀 흘리며 높이 도약하고자 노력하는 수많은 후배들에게 희망의 등불 역할을 한다.

한 분야에서 50년 넘게 버티고 살아남은 저력을 나는 '사력(4력)을 다한 결과물'이라고 조심스럽게 해석한다. 사력은 능력, 매력, 노력, 협력이다. 이순재 배우는 연기의 달인(능력)이며 훈훈한 인간미(매력)의 소유자다. 책과 대본을 늘 끼고 살며(노력) 제작진이나 다른 연기자들과도 항상 즐겁게 소통(협력)한다. 이것은 내가 누군가로부터 들은 바가 아니고 직접 목격한 사실이다.

1980년대 초반만 해도 코미디계의 4강은 구봉서, 배삼룡, 서영춘, 이주일 이렇게 네 사람이었다. 송해는 여기 끼지 못했다. 그러나 지금 상황은 어떠한가. 네 사람 모두 세상을 떠났다. 반면에 송해는 국내 최고령 MC이자 최고령 CF 모델로 왕성하게 활동하고 있다. 비결이 무엇일까?

내가 지켜본 바에 따르면 송해는 철저한 긍정, 낙관주의자다. 나는 늘 긍정과 낙관이 더해져 긍낙(극락)을 만든다고 말해왔는데 송해야말로 지상에서 늘 극락을 누리는 인물이다. 일요일마다 전국의 무대에서 네 살부터 아흔 살까지 누구와도 반갑게 대화할 수 있는 소양은 이런 인생관의 산물일 터다. 방방곡곡을 돌며 전국의 지역 특산물을 골고루 맛보는 혜택은 '보너스'고.

이순재는 〈꽃보다 할배〉라는 여행 프로그램에서 이런 말을 했다. "나이 먹었다고 앉아서 대우나 받으려는 것은 늙어 보이는 것이다." '늙은 것'이 아니라 '늙어 보이는 것'이라는 표현에 주목하자. 늙어 보이면 사실은 늙은 것이다. 반대로 젊어 보이면 젊은 것이다. 굳이 주민등록증을 꺼내 확인하지 않아도 된다. 눈가의 주름은 늙어 보이는 요소가 될 순 있어도 '늙음'을 진단하는 종합 점수에는 그다지 영향을 미치지 않는다.

중요한 것은 표정이다. 표정은 감정이 표현된 것이다. 표정을 결정짓는 요인은 두 가지. 바로 인상과 인성이다. 인상과 인성이 어울려 인연을 만들고 다시 그 인연들이 모여 인생을 만든다는 게 내 생각이다. 늙어 보이는 인상에는 근심과 수심이 가득하다. 늙어 보이게 만드는 인성의 특징은 남의 일에 수시로 끼어든다는 것이다. 그들은 자식을 포함한 젊은이에게 잔소리를 자주 건넨다. 좋은 의도로 했다고 해도 상대의 기분이 상했다면 그건 헛소리에 불과하다. 밝은 표정과 너그러운 언사의 주인공은 결코 늙어 보이지 않는다.

이순재와 송해는 건강관리를 꾸준히 해왔다고 알고 있다. 사람들이 나이를 먹어서, 욕을 먹어서 건강을 망치는 게 아니다. 좋지 않은 마음을 먹어서 건강이 무너진다. 젊음의 기력을 빼앗아가는 그 마음의 실체는 의심, 근심, 욕심이다. 의심은 마음의 고름이고 근심은 마음의 주름이며 욕심은 마음의 기름이다. 고름은 짜고 주름은 펴고 기름은 빼야 한다. 그래야 영혼에 탄력이 생긴다.

맹자가 말한 네 가지 마음 중 시비지심(是非之心)이나 수오지심(羞惡之心)보다는 측은지심(惻隱之心)과 사양지심(辭讓之心)을 주축으로 사는 것이 더디 늙는 비결이다. 지

금부터라도 많이 양보하고 많이 웃자. '한 번 화내면 한 번
늙고 한 번 웃으면 한 번 젊어진다(一笑一少 一怒一老)'는 말
은 매우 과학적이고 실증적인 사례다.

마지막으로 〈처마〉라는 자작시를 소개한다. 비 오는 날
처마 끝에 대롱대롱 매달린 물방울을 보며 '인생이란 저런
게 아닐까' 하는 생각이 들어 즉흥적으로 지어보았다. 공
교롭게도 '처음'과 '마지막'의 첫 글자를 합치면 '처마'가 된
다. 매사에 처음처럼 설레고 매순간을 마지막처럼 아낀다
면 인생이 꽃보다 아름다워지지 않을까.

처마 끝에 달린

물방울을 보며 다짐한다.

처음처럼

마지막처럼.

PART 2

더 잘살기보다
다 잘사는 것

공생 프로젝트

"지금 여기 왜 앉아 있는 거죠?" 수업 도중에 교수로부터 느닷없이 이런 지적을 받는다면 적잖이 당황스러울 것이다. "내가 뭘 잘못한 거지? 수업료도 제때 내고 출석도 제대로 했는데." 그러나 교수 입장에선 이따금 그렇게 묻고 싶은 충동이 일 때가 있다. 꾸벅꾸벅 조는 학생을 깨우려는 심산이 아니다. 눈은 뜨고 있지만 초점은 잃은 채로 자리에 앉아 시간을 때우는 제자가 안타깝기 때문이다.

"지금 거기 왜 서 계신 거죠?" 수업 도중에 교수에게 이런 질문을 던지고 싶은 학생도 분명 있을 것이다. 학생의 반응은 전혀 신경 쓰지 않고 기계처럼 지식을 쏟아내는 교수에게서 정감은커녕 아무런 영감도 얻지 못하는 수업을 습관처럼 받다 보면 '내가 왜 여기 앉아서 로봇 역할을 하고 있지?' 하는 갑갑함이 엄습할 수도 있다. 차라리 혼자 명상에 잠기거나 도서관에 가서 책을 읽는 것이 자신의 삶에 더 유익하리라는 판단이 들지도 모른다.

불온한 상상으로 이 두 장면을 끄집어낸 의도가 있다. 단순히 지식 전수의 장으로 주저앉은 캠퍼스, 오로지 학점의 노예가 되어버린 삭막한 교실. 그곳에 인간의 온기와 향기를 되살려보고 싶어서다.

국가 경제를 감안해서라도 오늘날의 대학 풍경은 반드시 바뀌어야 한다. 요즘 영화 한 편을 보려면 1만 원이 좀 넘게 든다. 두 시간짜리 영화라면 한 시간에 5,000원 남짓 드는 셈이다. 그렇다면 대학에서 수업을 한 시간 듣는 덴 얼마를 지불하는가? 영화 관람보다도 훨씬 많은 돈을 내고 교실에 들어온 것이다. 게다가 그 교실에 들어오기까지 치른 입시 전쟁은 또 얼마나 살벌했나? 모든 어려움을 이겨내고 가까스로 차지한 의자에서 아무런 발전 없이 관성적으로 시간을 흘려보낸다면 얼마나 한심하고 억울한가?

관성에서 감성으로, 타성에서 지성으로 돌아가자. 스마트폰에서 손을 잠시 떼고 스스로에게 물어보자. "지금 여기 왜 앉아 있지?" 설레는 미래가 없다면 딱딱한 의자에 앉아 젊음의 시간을 허비할 이유가 없다. 내가 바라는 미래와 내가 바라보는 현실은 연결이 가능한가. "경쟁에서 이겨라", "어떻게든 취직해라"와 같은 말이 나쁘다고 볼 수는 없다. 그러나 그렇게 쟁취한 직장이 나에게 과연 행복을 가져다줄까?

핵심은 언제나 초심과 연결되어 있다. 나에게 주어진 시간과 나를 둘러싼 인간을 귀하게 여기고 있는가? 그렇지 않다면 이제 생각을 편집하라. 교실은 학생과 교수만 있는 공간이 아니다. 스승과 제자가 있는 자리다. 또 하나, 거기엔 길을 함께 걷는 친구들이 있다. 오로지 나 혼자의 안정된 미래를 위해 대학을 다닌다면 교실은 점점 황폐해지고 청춘은 경쟁의 늪에서 헤어나지 못할 것이다.

내 소중한 일터이자 배움터인 아주대학교에서 언제부

턴가 '유쾌한 반란'이 일어나고 있다. 프로그램을 보면 제목은 상큼해도 그 내용이 허술한 경우가 더러 있는데 아주대의 반란은 글자 그대로 상쾌하게 순항 중이다. 연출자의 경험으로 볼 때 프로그램이 성공하려면 재능과 열정뿐 아니라 시간과 돈도 필요하다. 세상에는 눈먼 돈도 많지만 시퍼렇게 눈 뜬 돈도 있다. 아름다운 취지에 공감한 사람들이 지갑을 열자 사라진 듯 보였던 우정이 되살아나기 시작한다. 작은 불꽃 하나가 큰불을 일으키는 봉사의 드라마가 시작되는 것이다.

첫 장면은 무엇일까? 알고는 있지만 차마 하기는 어려웠던 그 말, 바로 '애프터 유'다. 2015년에 시작된 '애프터 유'는 취약 계층 학생들을 대상으로 하는 해외 연수 프로그램이다. '애프터 유'는 단순한 덕담이 아니다. 행동으로 이어지는 언행일치의 다짐이다. 시비지심은 흔해도 사양지심은 찾기 어려운 세상, 더구나 경쟁의 한복판에 있는 대학사회에서 양보를 실천하는 젊은이들을 만난다는 건 감사를 넘어 감동이 아닐 수 없다. 2019년 현재 '애프터 유' 프로그램은 '파란 사다리'로 명칭을 달리해 이어지고 있다.

《인연이 모여 인생이 된다》라는 제목으로 얇은 책을 낸 적이 있다. 좋은 인연을 쌓는 것이 행복한 인생을 만드는 비결이라는 경험담을 전하고 싶었다. 그 책의 부제는 '내가 먼저 좋은 친구가 되는 법'이다. 내가 먼저 좋은 친구가 되려면 어떤 말이 가장 효과적일까? 아마도 '애프터 유'가 아닐까? '애프터 유'는 '따지는' 말이 아니라 '다지는' 말이다. 무너뜨리는 말이 아니라 일으켜 세우는 말이다.

그 전에는 《더 좋은 날들은 지금부터다》라는 책을 썼다. '지금부터다'가 아니고 '지금부터 다'이다. '더(more)'보다 '다(all)'를 강조한 것이다. 나는 이것을 '더다이즘'이라 부른다. 더 잘살고 다 잘사는 세상을 차근차근 만들어보자는 말이다. 더 잘사는 걸 싫어할 사람은 아마도 없을 것이다. 그러나 누구는 더 잘살고 누구는 상대적으로 더 못사는 게 미리 정해져 있다면 그건 희망 있는 세상의 모습이 아닐 터다. 더불어 잘살아야 진정으로 좋은 세상이다.

쉽지 않은 목표인 걸 알기에 내가 찾아낸 소박한 대안은 이른바 '친구 만나기, 친구 만들기'다. 돈이 행복의 조건이 아니라는 건 돈 많은 집안의 되풀이되는 다툼만 보아도 알 수 있다. 그러므로 잘사는 건 사이좋게 사는 것. 이것이 결론이다. 그런데 언제부턴지 친구라는 단어가 이익을 나누는 사이처럼 바뀌는 듯하다. 얻을 게 없으면 친구가 아니라는 비정한 모습에 다들 익숙해지고 있다. 어깨동무라는 말은 구닥다리처럼 되어버렸다.

상 받은 사람 옆에는 모름지기 상처받은 사람이 있다. 상 받은 사람에게 보내는 박수만큼 상처받은 사람의 무너진 어깨도 어루만져주는 게 인간의 도리 아닐까? 아주대학교에서 시작한 '애프터 유'는 '더 잘사는 세상'과 '다 잘사는 세상'을 조화롭게 하는 황금 주문이다. 우정으로 살 만한 세상을 만드는 공생 프로젝트다.

어느 순간부터 교실엔 친구가 없고 경쟁자만 가득하게 되었다. 네가 잘되면 내가 잘 안 된다는 생각이 교실을 천국보다 지옥 가까이에 갖다놓고 말았다. 천국은 죽어서 가는 곳이 아니라 살아서 만들어야 하는 곳이다. 감사와 봉사가 넘치는 그곳이 바로 우리가 함께 만들어가야 할 천국 아닐까?

다   때가   있다

이 이야기에는 세 개의 종이 등
장한다. 두 개는 노래 속에, 하나는 소설 속에 나온다. 첫
번째 종은 노래 속의 종이다. 광화문 부근에 10년 넘게 살
지만 산책 중에 새로운 것들이 아직도 시야에 잡힌다. 얼
마 전엔 우거진 나무들 사이에서 노래비 하나를 발견했다.
세종문화회관 주변을 수없이 걸었는데도 바로 옆 세종로
공원에 이런 비석이 숨어 있을 줄은 몰랐다. 연보를 찾아
보니 2009년 덕수궁 돌담길 근처에 〈광화문 연가〉 노래비
가 세워지기 14년 전인 1995년부터 세종로 한구석엔 〈서
울의 찬가〉 노래비가 세워져 있었다.

〈서울의 찬가〉는 길옥윤이 작사·작곡하고 패티김이 불

렀다. 모두 대중가요사를 풍미한 이름들이다. 〈서울의 찬가〉는 1969년 음반에 처음 실린 후 각종 행사장에서 숱하게 불렸다. 드라마 〈응답하라 1994〉에 서울을 연고지로 하는 야구단 응원가로도 살짝 등장한다.

노래가 발표될 당시에 두 사람은 사이좋은 부부였다. 결혼 7년 만에 둘은 이별하는데 '낭만부부'답게 헤어지기 직전 〈이별〉이라는 노래를 크게 히트시켜 화제가 되기도 했다. 나는 두 사람의 스토리가 언젠가는 영화로 만들어질 거라 예측한다. 만남과 이별도 그렇지만 마지막 해후가 드라마틱하기 때문이다. 길옥윤이 세상을 떠났을 때 남의 아내가 된 패티김이 전 남편의 영결식장에서 노래를 불렀다. "어쩌다 생각이 나겠지"로 시작하는 〈이별〉이 상식적(?)인 선곡일 듯싶었으나 뜻밖에도 패티김은 〈서울의 찬가〉를 불러 문상객들을 살짝 놀라게 했다. 원곡은 밝은 행진곡풍인데 그날은 진혼곡으로 불렀다. 확장성이 넓은 노래임이 분명하다.

종이 울리네 꽃이 피네

새들의 노래 웃는 그 얼굴

그리워라 내 사랑아

내 곁을 떠나지 마오.

　노랫말에 그려진 서울은 종이 울리고 꽃이 피고 새들이 노래하고 얼굴마다 웃음이 가득한 도시다. 그런데 시청 앞에 꽃들은 여전히 활짝 피고 새들(주로 비둘기들)도 광장을 누비지만 종소리를 들어본 기억은 가물가물하다. 고작 들을 수 있는 건 보신각 제야의 종소리 정도다. 한 해에 한 번 몰아서 듣는 종소리로 시민들은 '또 한 해가 저무는구나' 하고 세월을 체감한다.

　두 번째 종 이야기. 내가 초등학교 다닐 때만 해도 학교에선 수업 시작과 끝에 종소리가 울렸다. 입학해서 가장 먼저 배운 노래도 〈학교종〉이다.

학교종이 땡땡땡 어서 모이자

선생님이 우리를 기다리신다.

이제는 종소리도 들리지 않고 선생님도 우리를 기다리지 않는다. 그런데도 우리는 매일매일 모인다. 산에서? 지하철에서? 당구장에서? 아니다. 지금 친구들을 모으는 소리는 학교 종이 아니라 휴대전화 채팅방 새소리(까톡까톡)다. 우정의 매개자인 이 새는 기특하게도 새벽부터 늦은 밤까지 온갖 엽서를 배달하는데 얼마 전엔 특이한 물건을 찍은 이미지 하나를 물어왔다. 무엇에 쓰는 물건인고.

눈여겨보니 피사체는 한국인에 의해, 한국인을 위해 탄생한 히트 상품이다. 이태리타월! 이태리 사람은 정작 모르는(알아도 사용할 것 같지 않은) 한국인 전용 '때 미는 수건'이다. 목욕탕 필수품이었던 추억의 타월 한 장으로 친구들이 수선을 떠는 데는 이유가 있었다. 그 위에 쓰인 다섯 글자 때문이었다.

"다 때가 있다."

그냥 읽고 넘어가기엔 가슴 한쪽에 여운이 남았다. 때 미는 수건 위에 이런 말을 띄울 정도의 예지력을 갖춘 사람은 누구일까. 문득 이 사진을 확대해 사람들이 분주히 오가는 광화문 네거리 '글판'에 올리면 어떨까 하는 생각이

스쳐갔다.

그렇다. 몸에 때(垢)가 있다면 삶에는 때(時)가 있다. 때는 어떤 이에게 찾아오고 어떤 이에게는 그냥 지나간다. 만남의 때가 있고 이별의 때가 있다. 또 묵은 때는 누구에게나 있는 법. 자신의 때는 숨기고 남의 때만 탓하는 세태를 이태리타월이 '땡땡땡' 꾸짖는 듯하다. 이때 울리는 종의 이름은 경종(警鐘)이 적당하지 않을까? 경종은 지금도 울리는데 종소리를 듣지 못하고 허겁지겁 앞만 보고 길을 걷는 사람들이 참 많다.

마지막 종을 울릴 차례다. 《누구를 위하여 종은 울리나》의 조종(弔鐘)이다. 여기서 종은 죽음을 알리는 신호다. 누구를 위하여 종은 울리나(For Whom the Bell Tolls). 이것은 결국 '누구를 위하여 죽는가'라는 질문과 동일하다. 인간에게는 살 때가 있고 죽을 때가 있다. 사는 기간은 불투명해도 죽음의 시간이 오고 있는 건 분명하다. 하지만 사람들은 여전히 희망보다 욕망에 목을 맨다. 다 때가 있는데도 말이다.

인생4관학교

KBS 〈아침마당〉에 두 번 출연했다. 2009년 가을에는 '목요특강'에서 강연을 했고 이듬해 1월에는 아들 친구 여러 명과 함께 나가서 '인생의 멘토'에 관해 이야기를 나누었다. 다른 방송사에서 오랫동안 일한 내게는 매우 이례적인 경험이었다. KBS가 매우 관대하다 생각했고 잊지 못할 추억의 장면을 만들어줘 지금도 고맙다.

아들의 고교 동창들과 수년 동안 여행을 함께 다녔다. 여름과 겨울이면 으레 떠나는 일종의 수학여행이었는데 이제는 서른 살이 넘어 각자 가정을 꾸렸기에 여행 대신 조촐한 모임으로 대신한다. 여행을 다닐 때 나는 인솔 교사이자 든든한 스폰서(?)였다. 여행 경비는 내가 마련한 일종의 장학기금으로 충당했는데 나는 이것을 '특집(특강과 집필의 준말로 이를 통해 생긴 수입은 무조건 이 장학기금에 넣었다)'이라 표현했다. 누가 나에게 결혼 후의 선택 가운데 가장 잘한 게 뭐냐고 묻는다면 나는 망설임 없이 이들과의 여행을 꼽을 것이다. 그리고 아들 친구 녀석들은 내 마지막 여행의 짐꾼이 될 예정이다. 내가 생을 마치면 영안실에서 장지까지 관을 들어주기로 약속했기 때문이다. 나는 누워서 흐뭇해하겠지. "얘들아, 너희 덕분에 참 행복했다."

〈아침마당〉 '목요특강'은 각 분야의 전문가들이 나와 시청자에게 한 시간가량 강의를 하는 코너다. 나는 방송전문가인데 엉뚱하게도 '10년 더 젊게 사는 법'이라는 제목으로 강연했다. "과연 제가 그런 강의를 할 자격이 있을까요?"라고 제작진에게 물었더니 "제작진의 안목으로 충분히 검증했다"면서 용기를 주었다. 감사한 일이 아닐 수 없었다.

'10년 더 오래 사는 법'이 주제라면 그 강의는 의사들의 묽일 게 당연하다. 건강이라는 측면으로만 본다면 '10년 더 젊게 사는 법' 역시 의사들의 영역일 터다. 나는 직장 생활의 3분의 1을 학교에서 보냈다. 지금도 교사들에게는 PD 마인드(재미있게)를, 반대로 PD들에게는 교육 마인드(유익하게)를 가지라고 권유하곤 한다. 나의 이런 경험과 소신은 젊음의 조건을 교육의 측면에서 들여다보도록 만들었다. 《행복의 조건》이라는 책에도 평생학습을 운동과 체중 조절, 금연, 절주만큼 중요한 요소로 다루고 있다.

요즘 친구들을 자주 만나는 곳은 동창회 자리가 아니다. 장례식장과 결혼식장에서 만나는 횟수가 더 많다. 친구의 부모 혹은 배우자가 생을 마치거나 그들의 자녀가 새로운 삶을 시작하는 장소다. 죽은 이의 명복을 빌며, 또 시작하는 이들을 축복하며 우리는 살아온 날들과 살아갈 날들에 대해 소회를 나눈다. 그중에는 "빨리 죽고 싶다"는 친구들도 더러 있다. 사는 게 힘들기 때문이란다. 과연 힘든 게 나쁜 걸까. 그렇지 않다. 힘들다는 건 더 높은 곳을 향해 오른다는 것을 뜻한다. 신이 나는 상황이지 풀이 죽고 삶을 멈출 만큼 나쁜 상황은 아니다.

　직장에서 은퇴한 친구에게 장난삼아 방탄소년단의 〈러브 유어셀프〉를 들어봤냐고 물었더니 그게 뭐냐고 되묻는다. 빌보드차트에 오른 국내 아이돌 가수 음반이라고 설명해주었더니 반응이 시큰둥하다. "내가 그걸 알아서 뭐해." 틀린 말은 아니지만 왠지 측은하다. 이 말이야말로 '나는 이미 늙었어'라는 고백에 다름 아니기 때문이리라. 물론 방탄소년단의 노래를 모른다고 무슨 문제가 있는 건 아니다. 그러나 젊은이들이 뜨겁게 흥미를 갖는 사안을 두고 '난 관심 없어'라고 하는 것은 한편으로 서글픈 일이다. 죽음의 대열에 한 발 가까이 다가간 느낌이 들기 때문이다. 생각해보라. 죽은 자도 한동안은 몹시 뜨거웠을 것이다.

　마치 '젊음의 전도사'인 양 행세하는 나를 못마땅해하는 시선도 간혹 있다. 늙는 건 자연스러운 건데 젊음을 왜 그토록 갈망하느냐는 것이다. 육체의 탄력이 떨어진다고 정신도 기운을 잃어야 할까. 아니다. 10년 더 젊게 살려면 '의심, 근심, 욕심'을 조금 줄이고 그 자리에 '관심, 호기심, 동심'을 배치하면 된다. 그날 방송에서 내가 한 말이 인터넷에서 지금도 떠다니는 것은 공감하는 사람들이 있다는 증거일 터다. 나는 국어 교사 출신답게 이렇게 비유했다. "의심은 마음의 고름, 근심은 마음의 주름, 욕심은 마음의 기름입니다. 고름은 짜고 주름은 펴고 기름은 빼는 게 좋습니다."

공자의 말을 모은 《논어》에 가장 먼저 나와 있는 문장이 "배우고 익히고 그걸 기뻐하라(學而時習之不亦說乎)"다. 나는 이따금 '인생은 4관학교'라고 생각한다. 무슨 뜻일까. 모두가 그렇지는 않겠지만 사관학교 생도들은 대체로 어깨에 별을 다는 것이 꿈이다. 나는 인생4관학교를 마치면 별을 다는 게 아니라 별이 된다고 주장한다. 별이 좋은 이유는 무엇일까. 어둠 속에서 빛을 발하기 때문이다. 외로운 영혼들에게 희망을 가지라고 속삭이기 때문이다. 그러기 위해선 네 개의 관문을 거쳐야 한다는 게 내 소견이다.

1단계는 관심이다. '그게 나와 무슨 상관이야'라고 생각하며 사는 게 버릇이 됐다면 별의 자격으로 다소 미흡하다. 별은 높은 곳에서 반짝인다. 사람들이 '저 별은 나의 별 저 별은 너의 별' 하면서 꿈을 키우도록 해줄 뿐 아니라 길잡이, 이정표 역할을 해주는 게 별들의 소임이다. 나이를 먹는다는 건 결코 무관심으로 차가워지는 일이 아니다. 누군가를 향한 따뜻한 관심이야말로 나이 든 사람이 가져야 할 기본 중의 기본 태도다.

2단계는 관찰이다. 잘 보아야 하고 잘 해석해야 한다. 상대가 잘 모르는 장점을 발견해주는 게 좋은 관찰이다. 누구나 볼 수 있는 단점을 지적해주는 것은 그다지 도움이 안 된다. 이것은 교사와 PD에게 특별히 요구되는 덕목이다. 관찰은 진찰의 필수 요소다. 누군가를 위로하고 치유해주기 위해서는 관찰이 필수다.

3단계는 관계. 좋은 관계를 맺는 것이다. 나는 성공의 정의를 이렇게 내린 적이 있다. '좋은 사람을 만나 좋은 인연을 맺고 좋은 추억을 남기는 것.' 인연이 모여 인생이 된다. 좋은 인연이 모이면 좋은 인생이 되고 나쁜 인연이 쌓이면 나쁜 인생이 된다. 가족 관계, 친구 관계, 사제 관계 모두 마찬가지다.

4단계는 관리다. 관계를 잘 유지하도록 노력하는 것이

다. 거울 속에 비친 나와 마음속에 있는 내가 좋은 관계를 맺으려면 피부 관리도 잘해야 하지만 세상을 보는 시각도 잘 관리해야 한다. 긍정과 낙관. 인생의 시간표를 잘 짜려면 이 두 가지가 필수다. 일해서 번 재산을 잘 관리하는 일만큼 사람 관리 역시 잘해야 한다. 상대를 지배하기보다는 좋은 친구가 되고자 하는 관리.

인생4관학교는 4년간 거쳐가는 곳이 아니다. 평생을 다녀야만 명예로운 졸업장을 받는다. 조기 졸업은 없다. 이름이 있건 없건 간에 별이 늘 그 자리를 지키듯이 아름다운 세상을 만들기 위한 관심, 관찰, 관계, 관리는 인간의 자리를 지키기 위한 필수과목이다. 세상이 사람을 힘들게 해도 세월은 반드시 힘든 만큼의 보상을 해준다. 그것을 믿기 때문에 인생4관학교의 재학생은 오늘도 힘찬 걸음으로 등교한다.

병영학개론

1980년 7월 30일 오후에 마산역을 출발한 입영열차는 해가 질 무렵에 논산 연무대역에 도착했다. "사나이로 태어나서 할 일도 많다만 너와 나 나라 지키는 영광에 살았다." 까까머리들은 목이 터져라 군가를 반복해서 외쳤다. 나라의 부름을 받고 '진짜 사나이'로 거듭나기 위해 집을 나섰지만 표정은 모두 무겁게 굳어 있었다.

내 생애 가장 무더운 여름에 만난 사람들의 이야기다. 출연자는 세 부류다. 이름과 얼굴이 다 기억나는 사람, 이름은 잊었지만 얼굴이 기억나는 사람, 이름도 얼굴도 불분명하지만 마음과 행동이 기억나는 사람. 돌아보니 나로 인해 불안했던 사람보다는 나 때문에 불편했던 사람들이 많은 듯하다. 나이 스물여섯, 몸무게 47킬로그램의 희한한 훈련병을 기억하는 모든 이들에게 두루 안부를 묻고 싶다.

훈련소에 들어갔다고 바로 훈련이 시작되는 것은 아니었다. 길게는 2주 동안이나 사복을 입은 채 지내는 경우도 있었다. 물론 그 당시 이야기다. 불과 몇 달 전 광주에서 민주화운동이 일어났다는 걸 감안해야 한다. 나도 열흘 이상 군복을 지급받지 못했다. 사복 장정들은 군가를 합창하며 야외훈련장으로 향하는 군복 장정들을 부러워했다. 매도 빨리 맞는 게 낫다는 심정이었을 것이다. 더구나 '공포의 백바지'라 불리는 취사병들에게 붙잡혀 가면 온종일 양파 수백 개를 까고 나서야 풀려난다는 얘기가 횡행하던 시절이었다.

훈련소만큼 유언비어가 난무하는 곳이 또 있을까? "몇 연대로 가면 복권 당첨"에서부터 "거긴 죽음의 연대라던데", "누구 아버지는 별이 몇 개라니 걔 옆에 붙어 다니면 좋은 곳으로 간대"에 이르기까지 별의별 소문들이 심약한 훈련병들을 하루에도 서너 번씩 이리저리 흔들어놓았다.

그런 곳에서 아는 사람을 만나는 일은 마치 가뭄 끝에 단비를 만나는 것과 마찬가지였다. 훈련병 틈에 눈에 익은 의상이 있었다. 바로 내가 다닌 대학교의 체육복이었다. 참 머리가 비상한 친구였다. 붉은 로고가 박힌 그 옷 덕분에 논산에서 동문회가 열렸으니. 나중엔 훈련소에 배치되어 근무하는 병사들까지 모였다. 학번이 가장 높았던 나는 졸지에 동문회장이 되었다. 내가 한 일은 그들에게 자작곡을 가르쳐준 것뿐이었다. 입대하기 직전에 만든 〈연민〉이라는 노래였다.

가사는 이렇다. "걷잡을 수 없는 물결처럼 세월은 끝없이 흘러가네. 우리의 사랑도 세월 따라 그렇게 사라져가는 걸까. 아, 그러나 나는 너를 사랑해. 강물이 흘러 더 큰 바다로 가듯 한 점 방울로 흩어져 젊음을 잃어도 무엇이 두려우랴 사랑이 있다면." 마주보며 부르는 노래의 힘은 위대했다. 세상이 우리를 힘들게 해도 세월은 우리를 위로해줄 거라는 믿음이 생겼으니 말이다.

군복을 지급받고 감격해하던 날 처음 만난 장교의 이름과 얼굴을 기억한다. 30연대 4중대의 중대장이었던 전춘식

대위. 자신을 농부의 아들이라 소개하면서 밭 전(田), 봄 춘(春), 심을 식(植)이라 입력해준 덕분에 아직까지 그 이름이 기억에서 사라지지 않았다. 그는 봄이 되면 심어야 한다고 말하면서 그래야 가을에 알차게 거둘 수 있다고 강조했다. 지금은 연약하지만 훈련소를 떠날 때엔 반드시 강한 사람이 될 거라는 희망의 씨앗을 훈련병 가슴에 심어준 분이었다. 리더의 자격을 생각할 때면 꼭 생각나는 이름이다.

장마가 길었던 그해 여름, 비 올 적마다 판초 우의를 입혀주던 동기 훈련병의 얼굴도 떠오른다. 선착순 집합이라 늦게 가면 불이익을 받는데도 워낙 느려터진 나를 측은히 여겨 아픔을 함께 나눠준 친구다. 심지어 군화를 대신 닦아준 적도 있었다. 수호천사가 따로 없었다.

연무대 교회에서 '체육복 동문'을 다시 만났다. 물론 그땐 군복 차림이었다. 우리는 보자마자 눈물을 흘렸다. 아무런 말이 필요 없었기 때문이다. 한참 울고 나서 앞을 보니 목사님 옆에 이런 글귀가 눈에 들어왔다. "나의 가는 길을 그가 아시나니 그가 나를 단련하신 후에는 내가 정금같이 나오리라."

감사의 목록에 들어갈 이름들(얼굴들)은 이 외에도 수두룩하다. 나이 많다고 불쌍히 여겨 특별히 급수 당번으로 임명해준 소대장, 수류탄 던지기를 할 때 옆에서 큰소리로 응원해준 ROTC 출신 조경수 중위, 내가 국어 교사 출신인 걸 알고는 연애편지 써달라고 조르던 귀여운 하사…….

〈건축학개론〉이라는 영화를 보면 전람회의 노래 〈기억의 습작〉이 배경으로 흐른다. 언젠가는 훈련소 시절의 일을 엮어 〈병영학개론〉이라는 단편드라마를 만들고 싶다. 배경음악은 당연히 나의 자작곡 〈연민〉이다. 연민의 뜻을 혹시 아는가? '내 마음속에 들어온 그대의 슬픔'이라는 뜻. 〈병영학개론〉에 딱 어울리는 뜻이다.

화가 　　　　　 날 　　　　　　　　 땐
노래를 　　　 부른다

　　　　　　　앞선 글에서 언급한 '결혼 수행
평가'의 대면 보고를 하러 최근 신랑 세 명이 차례로 찾아
왔다.

　홈쇼핑 회사에서 대리로 일하는 필형은 개당 280만 원
하는 가방에 관한 이야기를 전했다. 납품회사 직원이 가방
가격에서 0 하나를 빠뜨리는 바람에 곤욕을 치렀다고 했
다. 그는 봄에 아빠가 된다. 금융권 통합 과정에서 연봉이
올랐다는 은행원 재호, 외국계 회사로 옮겨 리스크관리 과
장이 된 재연은 공인회계사다. 술자리가 줄어 아내의 행복
점수가 올랐단다.

주례의 책무는 모름지기 '잘 사는지' 혹은 '잘사는지' 감별하는 것이다. "소형차 타고 다니는데 알고 보니 잘사는 사람이래." 한마디로 부자라는 얘기다. "자주 싸우더니 요즘은 잘 사는 거 같더라." 화목하다는 뜻이다. 체크포인트는 경제와 금슬. 건강 상태는 낯빛과 표정으로 금세 드러난다.

내 앞가림도 못하는데 돈 버는 기술까지는 못 가르친다. 대신 사이좋게 사는 법을 알려준다. 좀 황당한 방법이긴 하다. 이를테면 화가 날 땐 노래를 부르라는 식이다. (이 조언이 오히려 화를 부를 수도 있겠다.) 믿음을 가지고 훈련하면 된다. 일단 화날 때 부를 노래를 미리 선곡해둔다. 그리고 화가 나면 화를 내지 않고 선곡해둔 노래를 소리 내부른다. 그러면 배우자는 '이 사람이 지금 상태가 좋지 않구나'를 가늠할 수 있다. 그리고 화답의 노래를 부른다. "저 부부는 뮤지컬 배우인가 봐" 이웃조차 흐뭇해할 것이다. 그렇게 화를 노래로 대신하다 보면 노래 부를 일이 점점 줄어들 게 분명하다. 누차 강조하지만 화를 내는 건 불을 내는 일이나 마찬가지다. 불을 내면 재산도 타고 화상도 입는다. 무엇이 좋은가.

예능 주례의 동화 같은 조언을 들어주는 그들이 기특하다. 시간이 흐르면 자녀 교육법도 곁들인다. 요지는 이렇다. 이기는 법만 가르치지 말고 비기는 법도 알려줘라. 승자의 엄마도 좋지만 성자의 엄마는 더 좋다. 만델라의 어머니를 보라. 아이를 고독한 승부사로 키우지 마라. 자신감 대신 우월감으로 사는 건 위험하다. 겨루는 시간은 짧게, 사귀는 시간은 길게 가지면 행복해진다.

착한 아이로 길러라. 그래야 독거노인의 고독사를 피할 수 있다. 혼자만 잘사는 법을 배운 아이가 부모의 헌신을 기억할까. 땅을 치고 통곡할 땐 자식의 연락처조차 까마득하다.

나라도 마찬가지다. 경제도 중요하지만 사이좋게 살아야 진짜 잘사는 나라다. 오늘의 자작시. 제목은 〈승자〉다. "이겼을 때 그냥 이겼다고만 말하자. 옳았다고 우기진 말자. 우는 자를 어루만지는 그대가 진짜 승자다."

만나고   싶은   사람

　"만나고 싶었습니다. 생각보다 젊어 보이시네요." 처음 만난 사람과 악수를 나누다 보면 이런 인사를 받는 경우가 더러 있다. 그때 옆에 있는 사람들의 반응은 얼추 비슷하다. "좋으시겠어요." 당사자인 내 심정은 어떨까? "고맙습니다"라고 의례적으로 답하면서도 한편으로 마냥 좋아할 일은 아니라는 자각이 문득 든다.

　'팩트 체크'에 들어가보자. '생각보다'라고 표현했으니 만나기 전에 그는 내가 젊지 않으리라 예상한 게 틀림없다. 한 걸음 더 들어가보자. '젊으시네요'가 아니라 '젊어 보이시네요'다. '당신은 결국 늙은 사람'이라는 도장을 내 이마에 꽉 찍어준 셈이다. 이렇게까지 꼬아서 생각할 필요가 있느냐고 나무랄 수도 있다. 하지만 철학 교과서 제1장 제1절에 나와 있는 세기의 명언이 뭔가? 바로 '너 자신을 알라'다. 가끔은 자기 자신에 대해 점검할 시간이 필요하다.

"젊어 보이는 비결을 여쭤봐도 될까요?" 이 질문에도 하자가 있다. 물어볼 내용을 밝힌 후에 여쭤봐도 되냐는 태도는 뭔가? 노크도 없이 문 열고 들어와서 "들어가도 될까요?"라고 묻는 것과 다르지 않다. 하지만 그래도 악의는 없으므로 용납한다. 이제 내가 묻는다. "진짜 알고 싶으세요?" 혹시 한때 정치 뉴스에 자주 등장했던 리프트 시술이라도 하진 않았나 궁금한 걸까?

이제 어른놀이는 그만하기로 한다. 나는 노래를 부른다. "둥근 해가 떴습니다. 자리에서 일어나서 제일 먼저 이를 닦자. 윗니 아랫니 닦자." 상대가 당황해하는 모습을 나는 여과 없이 즐긴다. "이 노래 아시죠?" 환갑 넘은 남자가 어깨춤을 추며 동요를 부르는 장면을 인생에서 쉽게 접하진 못했을 것이다.

이때 나의 교사 본능이 발휘된다. 이제부턴 미니 과외 시간이다. "전 수시로 노래를 불러요. 레퍼토리는 종횡무

진이죠. 아침엔 주로 동요를 부릅니다. 새벽에 떠오르는 해를 보면 아까 부른 그 노래가 입에서 절로 나와요." 동요, 동심, 동안. 세 단어의 연결고리를 나는 시청각적으로 설명한다.

"수술로 동안을 만든다는 건 성형외과 광고에서나 가능한 일이죠. 의술이 아무리 뛰어나도 한 가지 미흡함은 남습니다. 바로 부자연스러움이죠. 자연스럽다고 느끼는 건 착시현상입니다. 어린이의 얼굴이 부모의 합작품이라면 나이 든 사람의 얼굴은 마음의 성적표라 생각해요. 의심, 근심, 욕심, 앙심을 품고 살면서 동안을 갖길 원한다면 그 마음 자체가 사심, 흑심 아닐까요? 동안은 동심의 산물이자 선물입니다. 결국은 마음이 몸이 된다는 거죠."

동안과 동심이 생활 습관에서 비롯된다는 걸 사례를 들어 증언한다. 나는 잠자리에서 일어나면 가장 먼저 창밖을 본다. 하늘을 보고 나무를 보고 길을 본다. 그러고는 냉장고 문을 열고 물병을 꺼낸다. 차가운 물을 한 잔 마신다. 정신이 번쩍 든다. 이를 닦기 전에 거울을 잠깐 보며 나를 감상(?)한다. 오늘 많이 먹어야 할지 적게 먹어야 할지를 결정하는 시간이다. 윗니, 아랫니 잘 닦은 후에 세수까지 마치면 휴대전화로 오늘의 일정을 체크한다. 오늘은 누구를 만나지? 아, 이 사람. 설렘이 시작된다.

인생은 끝없는 만남의 연속이다. 만나고 싶은 사람도 있고 만나고 싶지 않은 사람도 있다. 좋은 사람을 만나면 기분이 좋고 안 좋은 사람을 만나면 우울해진다. 좋은 사람을 많이 만난 사람의 얼굴엔 생기와 활기가 넘친다. 기분 나쁜 사람을 한평생 만난 사람의 얼굴은 통계적으로 낡았거나 삭았다.

만남이 꼭 얼굴을 마주하는 현상은 아니다. 나와 동갑내기인 스티브 잡스와 빌 게이츠는 나를 만난 적이 없다. 하지만 나는 그들을 만났다. 그들이 한 말을 듣고 그들이 쓴 글을 읽었다. 그래서 나는 그들을 친구로 삼았다.

만남의 폭을 조금만 넓히면 죽은 사람도 만날 수 있다. 윤동주는 지금도 별빛 아래에서 우리를 기다린다. 이 책을 여기까지 읽어준 그대 역시 이미 나를 살짝 만난 셈이다. 내 삶의 목표는 '만나고 싶은 사람'이 되는 것이다. 나 또한

만나고 싶은 사람의 명단을 늘 가지고 산다. 그래서 행복

하다. 비교적 동안을 유지하는 비결인 것도 같다. 얼마나

좋은가. 오늘 밤에도 서재엔 내가 만나고 싶은 사람들이

길게 줄을 서 있다.

성공은   느낌일   뿐

아, 언제나 이 가슴에 덮인 안개 활짝 개고
아, 언제나 이 가슴에 밝은 해가 떠오르나.

〈이별의 종착역〉이라는 노래 가사 중 일부다. 손시향이 부른 원곡을 신촌블루스 출신의 김현식이 애절한 창법으로 리메이크해서 가요 팬들의 마음을 꽤나 아리게 했다. 시작하는 부분은 더 처연하다. "가도 가도 끝이 없는 외로운 이 나그네길 안개 깊은 새벽 나는 떠나간다." 하지만 마음의 풍경은 해석하기 나름이다. 처지를 한탄하는 것은 드러난 한쪽 면이고 다른 쪽엔 희망을 간구하는 내일의 얼굴이 웅크리고 있는지도 모른다.

뜬금없는 소리 같지만 북한에선 종착역을 마감역이라 부른다고 한다. 거기선 이 노래 제목을 '이별의 마감역'이라 해야 하지 않을까. 종착역은 사실 출발역의 다른 이름이다. 서울에서 출발하면 부산이 종착역이지만 부산역에서 출발한 사람에겐 서울역이 종착역이니까.

마감이라는 말을 자세히 들여다보라. 아마도 이 말의 뿌리는 '막다'일 것이다. 습관처럼 '마감'을 2행시로 풀어본다. "마지막까지, 감사하자." 살아 있으니 감사하고 살아났으니 감사하다. 살아서 여기까지 온 게 감사하다. 과연 나 혼자 힘으로 살았을까? 농부의 땀이 있었기 때문에 하루 세끼 밥을 먹을 수 있었다. 일할 수 있는 직장이 있어서 나름대로 쓸모 있는 척 행세했다. 아내가 있어서, 아들이 있어서 불 꺼진 방의 외로움 따윈 침입하지 못했다. 돌아보니 감사할 일이 지천에 널려 있다.

2018년에 작고한 신성일 배우의 회고록 제목이 멋있다. 《청춘은 맨발이다》. 그가 출연했던 영화 〈맨발의 청춘〉에서 따온 제목일 것이다. 회고록을 보면 이런 대목이 나온다. 1967년 5월 서울대학교 문리대 학생회가 신성일에게 '최악의 배우상'을 선정했다고 통보했단다. 무차별 겹치기 출연을 나무란 것이다. 지금은 도저히 상상할 수 없는 살인적 스케줄을 스타 배우 몇 명이 소화하던 시절의 얘기다. 그런데 반전이 있다. 신성일 씨가 그 시상식에 직접 참석해서 흔쾌하게(?) 상을 받았다는 사실이다. 풍류가 있지 않은가? 한국영화사에 길이 남을 그 패기의 중심에 당시 대학생이던 하길종 감독이 있었다고 한다. 내가 대학 다닐 때 가장 감명 깊게 본 영화가 〈바보들의 행진〉인데 바로 그 영화를 연출한 감독이다. 신성일 배우나 하 감독이나 보통의 내공을 가진 이들은 아닌 듯하다. 아마도 그 일로 두 사람은 절친이 되지 않았을까?

연말엔 방송사마다 각종 시상식을 중계한다. 있는 상, 없는 상 그럴듯하게 만들어서 연기자들을 무대로 불러들인다. 그들이 시청률 보증수표이기 때문이다. 거기서 아이디어를 얻어 이런 제안을 해본다. 저마다 각종 상을 만들어 시상하라는 것. 상 이름은 붙이기 나름이고 상금이나 상품은 없어도 무방하다. 최고의 친절상, 최악의 실수상, 최선의 매너상, 최강 문자메시지상 등등.

중요한 건 자신에게도 반드시 상을 주라는 것이다. 잘한 일에는 최고라는 말을, 아쉬운 일에는 최악이라는 말을 붙여도 무방하다. 차제에 성공이라는 말의 뜻도 재정립하길 권한다. 사실 성공은 사전에만 있지 현실엔 존재하지 않는다. 엄밀하게 구분하자면 성공의 순간이 있을 뿐이다. 만약 성공했다고 느낀다면 그건 글자 그대로 순간의 느낌에 지나지 않는다.

누군가 나를 성공했다고 간주하고 내게 성공의 소감을 묻는다면 이렇게 답하겠다. "성공은 현상이 아니라 느낌이다. 우리는 살면서 성공의 순간에 잠시 머문다. 그렇기 때문에 우리는 하루에도 몇 번씩 성공할 수 있다. 최고도 마찬가지다. 최고의 순간이 있을 뿐이다. 최선을 다한다면 그게 최고의 순간이다. 올해 최선을 다했다면 당신은 최고의 삶을 산 것이다."

모험생이   세상을   바꾼다

그가 나를 친구로 삼은 적은 없
다. 내가 친구하자고 제안한 적도 없다. 하지만 오래전부
터 나는 그를 친구로 대우한다. 동갑내기라서가 아니다.
그의 특별한 죽음이 나의 평범한 삶을 돌아보게 하기 때문
이다.

〈죽은 시인의 사회〉에서 키팅 선생이 전한 메시지는 두
가지. 오늘을 잡으라는 뜻의 '카르페 디엠(Carpe Diem)'과
평범하게 살지 말라는 뜻의 '메이크 유어 라이프 엑스트라
오디너리(Make your life extraordinary)'. 학연, 지연 두루 무
관한 내 친구 스티브 잡스는 그렇게 살다 갔다.

세상은 모범생이 아니라 모험생이 바꾼다. 옛날부터 그랬다. 그들은 고정관념의 삶을 감옥으로 간주한다. 틀 안의 삶은 그 자체가 지옥이다. 모두가 어둠을 손님처럼 공손히 맞을 때 청년 토머스 에디슨은 그에 맞서 저항했다. 암흑의 시간을 못 견딘 에디슨은 끈질기게 부수고 망가뜨려 마침내 빛을 만들어냈다. 그가 실패를 두려워하지 않고 실험을 즐긴 덕분에 혜택 본 이들은 누굴까. 한때 그를 바보가 아닐까 의심했던 이웃들이다. 에디슨은 빛을 남겼고, 우리는 그에게 빚졌다.

모두가 공중전화 부스 앞에 줄 서서 온순하게 차례를 기다렸다면 이동전화는 탄생하지 않았으리라. 그 줄에서 뛰쳐나온 누군가가 우리에게 여분의 시간을 선사했다. 우체국에 가지 않아도 된다. 걸어 다니며 전보를 치고 곧바로 답장을 받는다. 음악을 듣고 길을 찾는다.

위인은 위대한(가끔은 위험한) 말을 남긴다. 그 말이 그의 삶과 일치할 때 문제아가 아닌 위인으로 인증된다. '다르게 생각하라'고 외칠 순 있어도 다르게 생각하는 삶을 시종일관 보여주긴 쉽지 않다. 늘 갈망하고 늘 무모하게 도

전하라고 권할 순 있지만 그걸 글자 그대로 '늘' 행하긴 어렵다. 잡스는 그걸 해낸 친구다. 그가 바꾼 것은 세상이 아니라 세상을 보는 눈이다.

죽음을 생각하면 떠오르는 문장이 있다. "바닥 모를 때의 심연은 바로 네 곁에 있다." 고등학교 교과서에 실린 〈페이터의 산문〉에 나오는 말이다. 당시 선생님은 '바닥 모를 때의 심연'에 밑줄을 그으라고 하셨다. 그날 이후 죽음이 한결 친근해졌다. 깊이를 헤아릴 수 없는 연못 주변에서 나는 오며 가며 노닌다. 죽음이 가까이 있다고 인정하니 미움보다 사랑이 뚜렷해진다. 불안보다 감사의 시간이 늘어난다.

잡스는 죽음의 이미지를 확장시켰다. 물보다 더 확고하게 구상화했다. "죽음은 생이 만든 최고의 발명품." 그렇다. 죽음은 관에 들어가 눕는 게 아니다. 누군가의 기억 속에 들어가 앉는 것이다. 팰로앨토에 그의 동상을 세울 필요는 없을 듯하다. 그가 남긴 사과 향기만으로도 사람들은 각자에게 주어진 시간의 가치 앞에 경의를 표할 것이다.

잡스의 선물 꾸러미는 지금도 내 주머니 속에서 신호를 보낸다. 밥 먹자고도 하고 술 마시자고도 한다. 그에게 받은 게 있으니 나도 뭔가 주어야겠지. 이제부터 괴짜를 인정해야겠다. 엉뚱한 질문을 던지는 소년에게 여행 가라고 용돈을 주어야겠다. 표정이 우울한 젊은이들에게 "죽는 날까지 최선을 다하면 죽는 날 그대는 최고가 된다"라고 조언해야겠다. 널리 세상을 즐겁게 하자고 부추겨야겠다.

친구의 묘지 앞에는 오늘도 꽃이 쌓일 것이다. 그럴 수만 있다면 나도 꽃 한 송이 얹고 싶다. 천국의 입학사정관 앞에서 잡스는 어떤 인터뷰를 진행했을까. 좀 다르게 질문해보라고 사정관을 곤란하게 만들진 않았을까. 에디슨을 만나서는 어떻게 인사했을까. 며칠 사이 인생을 마감한 친구들을 대표해 프레젠테이션을 하고 있진 않을까. 천국이 부쩍 소란스러워졌을 성싶다.

지하철에서   사색하기

"몇 번 출구로 나가면 되죠?" 약
속 장소를 잡을 때마다 내가 묻는 말이다. 지하철 애용자
라면 공감할 것이다. 반응도 얼추 비슷하다. "내려서 좀 걸
어야 하는데 괜찮으시겠어요?" 내 대답은 신념으로 가득
차 있다. "걸으면 운동 되고 좋죠 뭐."

내가 선호하는 이동수단은 두 가지다. 걷기나 지하철
타기. 도보로 30분 내외면 걷는다. 하늘도 보고 나무도 보
고 좀 좋은가. 햇살과 바람은 또 얼마나 정다운지. 그리고
대학 첫 여름방학 때 개통된 지하철. 올해로 40년 차 탑승
객이다. 지하철은 여간 고마운 존재가 아니다. 비용이 저
렴하고, 약속 시간을 지킬 수 있게 해주는 데다 갈아타기
를 몇 번 하다 보면 칼로리 소모까지 된다.

꽤 오랜 세월 동안 지하철을 타다 보니 특별한 습관도 생겼다. 이어폰으로는 음악을 듣지만 눈은 잠시도 쉬지 않는다. 타는 사람, 내리는 사람, 앉은 사람, 서 있는 사람 모두를 유심히 본다. 저 사람은 무슨 일을 할까, 저 어두운 표정의 이유는 무엇일까. 감정을 이입하는 재미가 남다르다. 노하우도 생겼다. 들키지 않도록 표정 관리를 잘해야 한다. "남의 얼굴을 왜 그렇게 보세요?" 시비를 당한 경우가 한 차례도 없었던 걸 보면 나의 '무표정 연기'가 수준급에 오른 모양이다. (실은 착각이다. 그들은 도통 무관심하다. 내가 보든 말든 그들은 오로지 개인사에 몰두한다.)

드디어 나는 본색을 드러낸다. 이른바 캐스팅 놀이. 이 사람은 이 역에 맞겠다, 저 사람은 그 역에 맞겠다. 지하철 안이 갑자기 소란스럽다. 고무장갑 파는 사람과 천당 안내인의 동시 입장. 그러다 보면 어느새 목적지다. 지하철에서 무슨 짓이냐고 누군가가 힐난한다면 이렇게 해명할 참이다. "사람은 심심할 때 늙는다. 왜 아까운 시간을 죽이는가(킬링타임). 시간을 살려라(리빙타임). 지하철은 내게 지하찰(地下察)이다. 거기서 나는 3찰(관찰, 통찰, 성찰)을 한다. 어떤 차이가 있는가. 관찰은 겉을 보는 행위지만 통찰 (in+sight)은 속을 보는 행위다. 성찰은? 나를 보는 행위다. 언젠가부터는 지하에 줄곧 머물 텐데 이보다 좋은 예행연습이 또 있을까.

지하철에선 광고도 3찰의 대상이다. 요즘 3호선을 타면 유난히 눈에 띄는 광고가 있다. '영화처럼 살고 싶다면'이라는 문구 아래에 네 명의 남녀 얼굴이 있는 광고. 자세히 보면 네 명이 아니라 두 명이다. 수술 전과 수술 후. 그렇다. '영화처럼 살고 싶다면'은 성형외과 유인 카피인 것이다. 과연 얼굴이 예뻐지면 영화처럼 살 수 있나. 저 광고를 만든 이는 영화의 종류가 다양하다는 걸 염두에 두기나 했을까. 로맨스, 판타지도 있지만 공포나 재난영화 또한 오죽 많은가.

광고는 영화처럼 살고 싶다면 압구정역 몇 번 출구로 나오라고 친절하게 안내한다. 광고 밑에 조그맣게 써두고 싶은 충동이 인다. "얼굴을 바꾸는 것보다 마음을 바꾸는 게 유익하다. 행복으로 가는 출구는 압구정에 있는 게 아니라 네 마음에 있다."

나가자,   나아가자

1994년 봄에 〈TV청년내각〉이라
는 프로그램을 연출한 적이 있다. 세상을 바꾸고 싶은 젊
은이들이 모여 '희망의 나라(가상국가)'를 만들고 '청년국회'
의원들과 토론하는 프로그램이었다. 시청자 반응은 엇갈
렸다. "신선한 것 같은데 유치하다", "예능인지 교양인지
모르겠다" 등등.

초기 의욕은 대단했다. 시청률(지지율)이 20퍼센트를 넘
지 못하면 내각의 전면 교체까지 공약했다. 어디서 이런
자신감이 나왔을까? 이전에 연출했던 프로그램들이 나름
성공을 거두었기 때문이다. 자아도취는 자승자박으로 이
어졌고 마침내 방송 4주 만에 전면 개각을 단행했다.

경쟁 채널의 〈열려라 웃음천국〉으로 가버린 시청자들은 신동엽의 애교에 마음을 빼앗겼다. 아마추어 청년내각은 결국 20주를 버티다가 '탄핵'당하고 말았다. 하지만 오답노트를 통해 얻은 것도 많았다. 산 너머 산이 있어야 산맥이 된다는 걸 깨달았다. 시대착오는 나쁘지만 시행착오는 성장의 비타민이었다.

〈청년내각〉의 국정 기조는 대한민국헌법 10조에서 따왔다. "모든 국민은 인간으로서의 존엄과 가치를 가지며, 행복을 추구할 권리를 가진다." 백범 김구 선생이 쓴 〈내가 바라는 우리나라〉에도 행복한 나라의 모습이 나온다. "오직 한없이 가지고 싶은 것은 높은 문화의 힘입니다. 문화의 힘은 우리 자신을 행복하게 하고 나아가서 남에게 행복을 줄 것이기 때문입니다." 이것은 내가 얘기한 '더다이즘'과도 연결된다. '더' 잘사는 것도 좋지만 '다' 잘사는 것은 더 좋다는 뜻이다. '더' 새롭게, '다' 행복하게 살려면 백범처럼 문화의 가치를 알아야 한다.

문화의 목표는 결국 사람으로 돌아가는 것이다. 대화

를 통해 변화를 찾고 평화를 구하는 것이 문화의 여정이다. 노예가 되고 기계가 된 사람들이 스스로 생각하고 숨 쉴 수 있도록 도와주는 것이 문화의 힘이다. 어떤 점에서 문화(culture)는 농사(agriculture)와 닮았다. 수확의 희망을 품은 농부들은 그 땅에 맞는 작물이 무엇인지 가늠해야 한다. 그들은 지배자가 아니라 재배자다. 슬기로운 농부는 때를 놓치지 않는다. 제때 심고(모내기) 제때 뽑는다(김매기).

만약 〈청년내각〉 시즌 2를 연출한다면 슬로건을 '나가자, 나아가자'라고 정하고 싶다. 나가는 것은 '밖으로' 움직이는 것이고 나아가는 것은 '앞으로' 이동하는 것이다. 새로운 세상에선 '끼리끼리'의 내부자 문화가 '서로서로'의 기부자 문화로 바뀌어야 한다. 새로운 시대는 과거에 사로잡힌 고정관념에서 벗어나 발상 전환의 미래를 가꾸어야 한다. 지역주의, 권위주의, 기회주의, 냉소주의의 낡은 옷을 벗어던져야 한다. 좋은 뜻을 가진 사람들이 뭉치는 것은 좋지만 근육이 뭉치는 것만은 피해야 한다.

PD와 대통령은 약간 비슷한 점이 있다. 경쟁해야 하고 인정받아야 한다. 중요한 것은 왜 경쟁하고 왜 인정받고자하느냐다. 자신만 행복해지는 게 아니라 국민(시청자)을 행복하게 해주기 위해서다. 혼자서 다 할 수 없으므로 전문가를 모아야 한다. 그러므로 전문가를 알아보는 안목이 있어야 하고 그 사람이 진짜 인재인지를 검증해야 한다. 그렇게 뽑힌(편집) 창의적 인재들이 아름다운 목표를 향해 즐겁게 협의하도록 판을 깔아주는(편성) 것이 PD의 역할이다. 그런 면에서 집현전이라는 역대급 프로덕션을 기획한 세종대왕은 최고의 PD였다. 〈청년내각〉 시즌 2를 연출한다면 그가 성취한 희망의 나라, 곧 문화민주주의를 모델로 삼고 싶다.

원망,　　　　선망,　　　　희망

　　　　　　　　　한국어를 배우는 외국인이 늘었
다고 한다. 국어 교사 출신 PD인 내가 듣기에도 기쁜 소식
이다. 외국인이 한국 노래를 합창하며 춤추는 모습을 보면
흐뭇하다. 덤으로 가끔 기발한 표현도 접한다. "고양이 죽
어서 땅에 심었어요." 애교로 넘길 수 있는 말이지만 정답
게 정답을 가르쳐준다. "심었어, 아니죠. 묻었어, 맞아요."
이방인의 눈빛이 반짝인다. 보충 설명이 필요한 순간이다.
"심어요, 그러면 살아나요. 묻어요, 그러면 끝났어요."

　　해는 어김없이 저문다. '처음처럼'보다 '마지막처럼'이
어울리는 지점이다. 추수는 끝났지만 결산은 지금이 적기

다. 올 한 해 뭘 묻고 뭘 심었나. 묻어도 되살아나는 게 있고 심어도 살아나지 못하는 게 있다. 욕심은 묻어도 되살아난다. 의심과 근심은 심어도 꽃으로 피지 않는다. 그걸 알면서도 부르는 게 12월의 유행가다.

망년회 대신 송년회란 말을 쓴 지 꽤 됐다. 일본식이건 한국식이건 내 입장은 비교적 관대하다. 잊을 게 많으면 망년회를 열고, 보낼 게 많으면 송년회라 하면 된다. 어딜 가도 술이 있는 까닭은 무언가를 잊고 보내는 데 그만한 약이 없어서일 게다. 약 좋다고 남용만 안 한다면 오죽 좋을까.

'언어유희자'에게 망(忘)은 망(網, 望)이다. 분단의 철조망도 있지만 세계를 잇는 망(www)도 있다. 마음속에 어떤 망을 깔아야 행복할까. 밑줄부터 긋자면 행복의 동생 이름은 극복이지 보복이 아니다. 원망은 일생에 도움이 안 된다. 그런데도 저마다 원망을 품고 산다. 수리하거나 철거하지 않는다.

유익하지 않은 망이 또 있다. 선망이다. 평생 부러워하다가 날 샌다. 그것도 모자라 대물림까지 한다. 엄친아, 엄친딸은 부자유친의 가장 큰 걸림돌이다. 선망은 실망으로 필히 연장 운행한다. 종착역은 절망이다.

선망과 색깔은 비슷하지만 열매가 다른 게 희망이다. 희망은 소망이 더 여문 상태다. 차이는 가능성의 유무. 소망은 '하고 싶다'지만 희망은 '할 수 있다'다. 소망이 애벌레라면 희망은 나비다. 선망은 적당할 때 희망으로 환승해야 한다.

친구들 다수가 교단에 있는지라 모임의 주제도 늘 그 언저리다. 교육에 대해 토론할 때 빠지지 않는 핵심어가 경쟁인데 앞서 말한 세 가지 망을 여기에 대입하면 원망은 경쟁자, 선망은 경쟁심, 희망은 경쟁력에 가깝다. 이 세 가지가 모여 있는 곳이 교실이다.

교실의 프로듀서는 반장이 아니라 교사다. 모름지기 교사는 경쟁심이 아니라 경쟁력을 키우는 기획자여야 한다. 교사들은 시청률, 아니 진학률에서 자유로울 수 없는 학생들의 형편을 누구보다 잘 알면서도 입으로는 희망을 이야기한다. 왜일까. 말이 씨가 된다고 배워서다. 씨는 열매가 된다. 그러니 좋은 걸 심자. 심은 대로 거두리라. 이 말도 믿자. 그러나 내가 심었으니까 내가 거두어야 한다는 생각은 버리자. 희망을 심는 자, 그것만으로도 훌륭하다.

　방송가의 송년회는 어떤가. 여기선 묻거나 심는 사람보다 뽑는 사람이 더 많다. 몇 년째 '뽑기 열풍'이다. 〈슈퍼스타K〉, 〈위대한 탄생〉, 〈나는 가수다〉, 〈K팝스타〉부터 각종 힙합 오디션까지. 〈대학가요제〉 6년 연속 연출자인 나 역시 참 많이도 뽑아보았다. 그러나 아쉽다. 추억을 심었지만 열매는 희귀하다. 그러니 뽑힌다고 반색할 일도 못 된다. 뽑아 키우는 경우보다 뽑아 버리는 일이 많기 때문이다. 김매기를 생각하면 쉽다. 농부가 뽑는 건 잡초고 치과 의사가 뽑는 건 충치다.

　표정이 어두운 젊은이에게 묻는다. "인상이 왜 그래?" 그러자 젊은이가 대답한다. "문제가 많아요." 나는 위로의 말을 건넨다. "문제가 많다니 문제집이로군. 네가 받은 시간의 선물이 바로 그 문제집 아닐까." 말하고 보니 묘한 공통점이 있다. 선물을 주고받을 때 늘 하는 말. "여기서 풀어봐." 문제를 푸는 건 결국 선물을 푸는 것이다.

구겨진 인상은 구겨진 인생을 만든다. 원망이나 선망은 다리미가 아니다. 이기는 게 좋지만 비기는 게 낫다는 걸 깨닫는 순간이 온다. 다 아는 비밀이지만 이기려고만 하면 불행해진다. 올해의 명언은 오바마 대통령의 재선 축하연 설문 중에서 찾았다. "최고의 순간은 아직 오지 않았다(The best is yet to come)." 내겐 이렇게 들린다. "부지런히 희망을 심어라."

신   앞에서의   자기소개

               〈불후의 명곡〉은 세대 공감을 목표로 제작돼 토요일 오후에 방영되는 프로그램이다. 기획 의도는 좋은데 가끔은 '불후'의 명곡이 '불효'의 명곡이 되는 경우를 접한다. 재해석이라는 핑계로 원곡의 맛을 거의 죽여버리는 편곡을 했을 때가 이에 해당한다. 오리지널을 부른 가수를 앞에 모셔놓고 '이제 당신의 시대는 갔다'라는 걸 확인시켜주는 순간이 아닌가 하는 쓸데없는 걱정이 주말 기분을 살짝 흔들었던 기억이 난다.

    〈호랑나비〉를 부른 가수 김흥국은 지금도 방송에 출연하면 자기를 10대 가수라 소개한다. 웃자고 하는 얘기지만 〈도전 골든벨〉에 출연한 10대들이 들으면 의아할 것이다. "저분이 몇 살인데 10대 가수예요?" 드디어 베일을 벗는 세대 장벽. 연말에 방송사에서 뽑던 10대 가수 시상식이 없어진 게 언젠데.

〈그대 모습은 장미〉를 부른 민해경도 〈불후의 명곡〉에 초대받은 적이 있다. 우리 세대에겐 여전히 10대 가수인 그의 히트곡 중에 〈존댓말을 써야 할지 반말로 얘기해야 할지〉라는 노래가 있다. 그 제목이 유난히 와닿았던 일화 한 토막. 신촌에서 목동 방면으로 운전하며 가는 중에 옆 차선의 소형차 한 대가 계속 가까이 따라붙는다. 인사를 건네려는 모양인데 누군지 기억이 나질 않는다. 드디어 그쪽이 창문을 내리며 아는 체를 하는데 나는 속으로 적잖이 당혹스럽다. 과연 나는 그에게 존댓말을 써야 하나 반말로 얘기해야 하나. 에라, 모르겠다. 모험이 시작됐다. 이럴 땐 선수를 치는 게 이기는 법. "야, 오랜만이다. 너 어디 가니?" 오디오가 전달된 순간 상대방의 표정이 급변한다. 황당하단 표정이 역력하다. 그의 입에서 나온 반응은? "저 아세요?" 아, 큰일 났다. 이제는 순발력이다. "죄송합니다. 아는 후배랑 워낙 닮아서." 물론 그와 비슷한 외모의 후배나 제자는 없다.

그가 묻는다. "혹시 일산 어떻게 가는지 아세요?" 그 다음부턴 지극히 정상적 대화다. 내비게이션 세대에겐 이 상황이 '순간포착 어떻게 그런 일이'로 들릴지도 모르겠다.

직장을 몇 차례 옮기다 보니 호칭도 여럿이다. 상대방이 나를 어떻게 부르냐에 따라 그와 맺은 인연의 장소가 기억의 레이더에 자연스레 잡힌다. "교수님 여전하시네요"라며 다가오면 영락없이 대학 제자다. 제자들이 일하는 업종도 다양하다. PD나 기자, 아나운서를 바라보며 전공을 택했지만 세상이 그들을 모두 꿈의 공장으로 데려다주진 않았다. 오랜만에 만나면 근황 문답보다 옛날 얘기하는 시간이 더 길다. 추억의 퍼즐 놀이에는 각종 캐릭터가 두루 등장해 현실의 무게를 잠깐이나마 줄여준다.

대학에서 나는 수업을 약간 색다르게 진행했다. 중간고사가 끝나면 매학기 소풍을 갔다. 한 교실에서 공부하면서 서로의 이름도 모르는 학생들이 안쓰러웠다. 경쟁자만 양산하는 대학의 모습이 싫었다. 그래서 소풍 가는 차 안에서, 혹은 빙 둘러앉아 김밥을 먹으며 각자 자기소개를 하도록 유도했다. 내가 주력한 일은 두 가지였다. 학생들끼리 친하게 지내도록 자리를 마련해주는 것과 자기소개를 인상 깊게 하는 방법을 가르쳐주는 것.

친구는 동정이나 동경이 아니라 동행의 대상이다. 세상은 친구를 만들어주지만 세월은 친구를 확인시켜준다. 살면서 친구를 많이 만드는 것이야말로 즐거운 일 아닌가. 그러므로 친구를 만들어주는 건 보람찬 일이다.

교수 시절 방학 동안 워싱턴대학교가 자리한 시애틀 근교 쇼라인이라는 곳에 머물면서 매일 한 시간씩 산책을 했는데 그때 반환점이 공동묘지였다. 그곳에서 죽은 사람들과 상상으로 대화하며 만약 내가 죽고 난 후 신 앞에서 자기소개를 할 땐 어떻게 해야 멋질까 생각한 적이 있다. 지금 그런 일이 생겨 살아온 이력을 나열한다면 아마도 중간에 제지당할 것 같다. "저는 사람들과 친하게 지내려 했고 실제로 친구가 없는 외로운 이들에게 친구를 많이 소개해줬어요." 이 정도면 정답은 아니지만 명답 소리 정도는 듣지 않을까.

말   한마디의   빛

내가 말 좀 할라 치면 "또 말장
난?" 하며 제동을 거는 친구가 있다. 나는 그를 '제동 씨'라
부른다(방송인 김제동 씨와는 아무 상관없다). 재미로, 선의로
말을 시작할 때도 그는 경고등을 켠다. 기죽을 내가 아니
다. "밖으로 나가려는데 마지막 문이 막는구나. 앞문도 아
니고 뒷문도 아니고 바로 너의 질문." 그는 또 묻는다. "그
걸 말이라고 하냐?", "그런 말을 여기서 왜 해?", "했던 말
을 지금 또 하냐?", "또 합리화?" 마치 까다로운 편집자 같
다. 그에게 별명 하나를 더 붙여준다. 또또선생. 집요하게
묻는 그를 가끔은 묻어버리고 싶다.

이제는 결정해야 한다. 그 친구와 인연을 끊고 그를 더

이상 상대하지 않을 것인가. 그의 존재를 무시한 채 하고 싶은 말을 계속할 것인가. 아니면 친구의 시비를 우정 어린 충고로 받아들여 말과 글을 절제할 것인가. 고심 끝에 3번을 골랐다. 여러 사례를 통해 그의 쓴소리가 나에게 손해보다 이익을 준다는 사실을 터득했기 때문이다. 독약이 아니라 보약인 셈이다.

속담 마을에는 별별 사람이 다 산다. 말 한마디로 천 냥 빚을 갚은 사람도 나온다. 현실에선 어떤가. 말 한마디 때문에 몰매 맞고 사회적 위치까지 바뀌는 경우를 적잖이 본다. 관심 받으려다가 인심의 무대에서 추방되는 경우도 비일비재하다. 마음에 담아두고 충분히 삭여야 할 생각을 채 익기도 전에 말이나 글로 방출하는 심리는 또 뭘까. 용기일까, 객기일까, 아니면 신념일까.

윤리 시간에 이런 말을 배웠다. "나는 생각한다. 고로 나는 존재한다." 그런데 교실 밖 풍경은 어떤가. "나는 말한다. 고로 나는 존재한다." 하기야 데카르트도 생각만 한 건 아니고 말(글)로 발표한 걸 보면 표현 욕구는 동서고금의 인지상정인 모양이다. 말 한마디의 빚이 있다면 말 한

마디의 빛도 있다. 어둠의 말로 한평생 빚지지 말고 등대의 말로 세상을 밝히는 연습, 말문을 열기 전에 스스로에게 먼저 질문하는 훈련을 꾸준히 하는 게 어떨까.

이제부턴 반전이다. 조금 허탈할지 모른다. 사실 제동 씨와 또또선생은 내가 꾸며낸 인물이다. 그런 친구는 내 가까이에 없다. 아주 없는 건 아니다. 대신 마음속에 상주한다(마치 영화 〈바보들의 행진〉의 배경음악 〈고래사냥〉에 나오는 '한 마리 예쁜 고래'처럼). 이 친구 덕분에 실수를 줄인다. "말솜씨 좋다"라거나 "언어의 마술사로군" 하면서 띄워주는 친구는 제동(制動) 씨가 아니라 선동(煽動) 씨다. 그들은 선풍기가 꺼지면 주변에서 바람과 함께 사라진다. 친구의 본심과 정체가 드러나는 순간의 허탈함을 나는 안다.

소통의   법칙

해가 중천에 떠 있다. 농부가 소의 귀에 대고 중얼거린다. 보기 드문 장면이다. 순간포착 세상에 이런 일이! 카메라를 들고 다가간다. 그의 손엔 경전이 들려 있다. 못 참고 끼어든다. "죄송하지만 뭐하시는 거죠?" 농부의 표정에 수심이 가득하다. "보면 모르겠소? 소 잘 크라고 좋은 말씀 들려주고 있지 않소?" 마음은 알겠는데 방법이 좀 그렇다. "소가 알아들을까요?"라고 묻자 돌아오는 답. "정성이 갸륵하면 통하지 않겠소?" 농부의 근심보다 소의 처지가 더 안쓰러워 보인다.

우이독경(牛耳讀經)을 마치 소의 잘못인 양 해석하는 건 부당하다. 그래서 위 이야기는 소의 '변호인'인 내가 꾸며

낸 우화다. 소통이다, 불통이다 말이 나올라 치면 옛날 그림이 몇 장 떠오른다. 교무실에 불려간 학생이 쭈그리고 앉아 꾸지람을 듣는다. 소리가 커진다. 옆 반 담임이 거든다. "그만하세요. 소귀에 경 읽기라니까요." 듣는 학생은 혼란스럽다. "지금 저분은 소를 걱정하는 것인가, 아니면 소귀에 경 읽는 분을 나무란 것인가."

분을 삭이지 못하면 입에서 거품이 난다. "말이 통해야 말이죠." 말이 아니라 마음이 통하지 않는 것이다. 그럴 때야말로 침묵이 금이다. 침묵하는 시간은 머리를 비우는 시간이 아니다. 그 시간에 전후좌우 생각을 가다듬어야 금이 빛을 발한다. 솔직해지자. 나는 저 사람을 사랑하는 건가, 미워하는 건가.

사랑한다면 위치를 바꿔보자. 위에서 보면 땅만 보인다. 내 눈에 들어온 것 기준으로만 쏟아낸다면 바닥은 많이 더럽다. 깨끗이 하고 살라는 말. 과연 그를 아껴서 한 말인가. 실은 자기 자신을 두둔한 거다. 모름지기 사랑은 그대가 준 그것이 아니라 상대방이 받은 그것이다. 만약 미움의 감정이 복받친다면 그 순간엔 입을 닫아라. 굳이 말로 쏘아대지 마라. 그건 재앙이다. 지혜는 행복의 총량을 헤아릴 줄 아는 계산에서 출발한다. 미움의 화살은 독을 묻힌 채 내게 반드시 돌아온다. 불행한 미래를 예약까지 해둘 필요가 있는가.

최악은 사랑의 가면을 뒤집어쓴 미움이다. "널 위해서 하는 말인데"라며 소란을 떤다. 우직한 소도 농부가 자기를 사랑하는지 미워하는지는 짐작할 것이다. 그래서 온순한 소는 밭 갈다 말고 한참이나 인내의 시간을 가졌을 거다.

소통의 요체는 사랑과 지혜다. 경 읽는 농부는 사랑이 지혜를 다소 앞질렀다. 지혜는 있는데 사랑이 없는 경우는 또 어떤가. 그들은 대체로 경쟁 관계다. 이럴 땐 오히려 발전(발상의 전환을 줄인 말)의 기회로 활용하자. 경쟁자는 나의 약점을 속속들이 알려주기 때문이다. 소통이 안 될 때는 두 가지 중 하나가 미흡한 거다. 소와 통하려면 소의 입장을 먼저 고려하자. 그래야 세상의 소음도 약간은 줄어들지 않겠는가.

행복은   '성격'순이다

"종강하셨죠?" 그렇다. 하지만 여유 부릴 계제는 아니다. 성적 입력을 마쳐야 한숨 돌릴 수 있기 때문이다. 광고 카피가 기억 속에서 나부낀다. "열심히 일한 당신 떠나라." 하지만 가뿐히 짐을 꾸릴 수 없는 처지다. 평화는 철조망(웹 메일) 너머에 있다. 이번엔 '억울한' 학생의 신문고에 귀 기울여야 한다. "제가 왜 이런 평가를 받아야 하는지 알고 싶습니다." 대략 난감.

실습 과목의 운명이랄까. 교수는 다가올 환난의 대비책을 강구한다. "A를 주고 싶은 마음 간절하다. 하지만 학칙은 학칙이다. 상대평가 규정을 따라야 한다. 열심히 하고 잘한(성과물이 좋은) 사람은 A, 열심히 했으나 성과물이 안 좋은 사람, 그리고 성과물이 뛰어나도 결석, 지각이 많거나 과제물을 제때 내지 않은 사람은 B, 열심히 안 하고 잘하지도 못한 사람은 C." 문제는 교수의 안목과 기준에 'BC 클럽 멤버들'이 동의하느냐 여부다.

"무시해버리세요." 이건 조언이랄 수 없다. 도움이 안 되기 때문이다. "학생이 교수의 권위에 도전하는 게 가당키나 한 일인가요?" 대낮토론이 시작된다. "학생은 권위에 도전하는 게 아니라 불의에 항거한다고 생각할 겁니다. 불의가 아니라는 걸 교수는 납득시켜줄 의무가 있죠." "참 피곤하게 사시네요." "깔끔하게 살려는 거죠. 이것도 수업의 연장이니까. 사실 권위는 지키는 게 아니라 생기는 거죠. 실낱같은 권위를 지키려고 버티다가 권위주의자가 되는 사람 많이 봤잖아요."

학생에게 메일을 보냈다. "평가는 엄격, 엄정, 엄밀해야 한다. 나는 그걸 지키려 노력했다. …… 네가 불성실했다고 생각하지 않지만 다른 학생들의 성과(창의성, 표현력)에 비해선 상대적으로 미흡했다. 근거를 알고 싶다고 했는데 그러려면 다른 학생들의 과제물을 너에게 모두 보여주어야 한다. 그럴 수도 없지만 설령 그런다고 해도 너와 나의 가치관은 일치하지 않으리라 짐작한다. 교수의 소신과 전문성을 존중해주기 바란다. …… 받아들이려면 시간이 좀 걸릴 것이다. 학점 문제로 기분이 잠시 울적할 수는 있어도 사제 관계가 흐트러지진 않으리라 믿는다."

소통 없는 소신은 고통을 낳는다. 종강 파티에 나타난 학생은 아무 일 없다는 표정이다. 그의 환한 얼굴(화난 얼굴이 아니다)을 보면서 행복이 성적과 맞물려 있진 않다는 걸 확인한다. 음악이 나오자 A,B,C 관계없이 즐겁게 합창한다. 행복은 '성적'순이라기보다는 '성격'순이다.

멋대로?   제대로!

예능 PD일 때 제목 짓기만큼 까다로운 일도 없었다. 비교하자면 출연자 섭외에 버금갈 정도였다. 사실 출연자 명단은 의외로 단출하다. 검증된 메인 몇 명과 캐릭터를 갖춘 서브 몇 명 중에서 순열 조합으로 짜 맞추면 된다. 물론 그들도 시한부다. 오래간다 싶어도 지지율이 떨어지면 자연스레 권력이 교체되는 곳이 예능왕국이다.

제목에 관한 한은 리스트가 따로 없다. 〈냉장고를 부탁해〉의 성희성 PD가 원래 제출한 제목은 '냉장고를 털어라'였다. 좀 없어 보인다 해서 도서관을 뒤지다가 조합한 제목이 '냉장고를 부탁해'다. 그 후에 〈아빠를 부탁해〉까지

나왔으니 신경숙 작가의 《엄마를 부탁해》는 두 개의 예능 제목에 영감을 준 셈이다.

예능 파일럿 〈네 멋대로 해라〉는 스타들의 옷 입기가 주된 소재였다. 그런데 어떻게 이런 제목이 나왔을까. "'옷장을 부탁해' 어떠세요?"를 비롯해 별별 제목을 다 들이대도 시큰둥하던 데스크가 지친 표정으로 "이젠 네 멋대로 해라"라고 한 사연에서 나온 게 아닐까? (순전히 내 생각이다.)

'네 멋대로 해라'는 1960년대 프랑스 영화 운동인 누벨바그를 주도한 장뤼크 고다르 감독의 영화 제목이다. 한국에선 양동근, 이나영 주연으로 같은 제목의 드라마가 있었다. 영화나 드라마를 기억하는 사람들은 못마땅할지도 모르겠다.

맞는 옷, 맞는 제목 고르기보다 더 신경 쓰이는 게 맞는 사람 찾는 일이다. 사람 사이에 맞는 기준은 여러 가지다. 간이 맞고 입맛에 맞는가. 눈이 맞고 손발이 맞는가. 죽이 맞고 장단이 맞고 호흡이 맞는가. 그러나 이게 전부가 아니다. 무엇보다 앞뒤가 맞아야 한다. 그래야 안 흔들린다.

한때는 잘 맞았다가 나중엔 영 안 맞게 된 사람들 사이의 불화로 사회는 늘 시끄럽다. 그러나 정리는 쉽지 않다. 싫증 난 옷은 안 입으면 되지만 한번 고른 사람을 바꾸려면 긴 시간 인내해야 한다.

고두현 시인의 《마음필사》라는 책에는 이런 말이 나온다. "새 옷을 입으려면 먼저 벗어야 한다." 세수를 하려면 가면을 먼저 벗어야 한다. 우둔함과 교만함, 안일함을 벗자. 그리고 '제멋대로', '입맛대로'가 아닌 '제대로' 맞는 옷을 한번 골라보자. 옷을 갈아입으려 애쓰는 영혼이 있는 한 우리는 늙거나 낡지 않을 것이다. 여왕의 히트곡 〈월남에서 돌아온 김상사〉가 귓가에 가득할 즈음 아들이 귀가하는 기척이 들린다. '전선에서 돌아온 주병장'을 늦기 전에 한 번 더 안아주어야겠다.

빛과 　　　　　그림자

　　　　　　　　　　"어떤 노래를 넣어야 할지 고민
하기보다 어떤 노래를 빼야 할지가 항상 고민이었습니다."
지금은 은퇴한 가수 패티김이 인터뷰에서 공연 담당 기자들
에게 한 말이다. 히트곡이 넘친다는 자부심이 있어야 나올
법한 말. 조용필, 나훈아, 이미자도 아마 비슷할 것이다. 대
표곡이 많지 않은 가수들에겐 한없이 부러운 소리겠지만 말
이다.

　　그럼에도 패티김 공연 레퍼토리에서 빠지지 않는 노래
들이 몇 곡 있다. 〈빛과 그림자〉도 그중 하나다. 1967년에
발표된 곡이니까 은퇴할 때까지 거의 반세기 동안 부른 셈
이다. 그 가사 중에 "사랑은 나의 천국 사랑은 나의 지옥"

이라는 부분이 있다. 어린 시절 그 노래를 들을 땐 의문이 들었다. "무슨 소리지? 사랑이 지옥이라니." 나이 들면서 사랑이란 것이 천국과 지옥을 수시로 오간다는 사실을 어렴풋이 깨달았다. 정확히 표현하면 사랑이 왔다 갔다 하는 게 아니라 사람의 감정이 요동을 친다는 사실을 말이다.

사랑에 빠진다는 말이 있다. 알고 보면 무서운 말이다. 계속 사랑에 빠져 있는 게 어렵기 때문이다. 사랑은 빠지는 게 아니라 빠져주는 거라고 생각한다. "내가 널 사랑하니까 너도 날 사랑해야 돼." 이건 사랑이 아니라 협박이다. "널 사랑하므로 너의 감정을 존중한다. 설령 네가 내 의사에 반하더라도 나는 널 이해한다. 그게 진정 너의 기쁜 선택이라면 축복해주마." 이것이 진짜 사랑하는 자의 말과 태도다. 상대를 구속하고 강요하는 건 사랑의 가면을 뒤집어쓴 위선이다. 이걸 깨우치기까지 참 오랜 시간이 걸렸다.

〈사랑과 전쟁〉은 10년 넘게 방송되었던 드라마 제목이다. 결혼과 이혼 등이 소재인데 부부나 연인이 헤어지는 이유가 정말이지 가지각색이다. 그러니까 시즌을 바꿔가면서까지 시청자의 눈길을 끌 수 있었으리라. 이 드라마에 등장하는 사연을 자세히 들여다보면 사랑이 식어서라기보다는 진실한 의미의 사랑을 애초부터 하지 않은 게 드러나서 헤어지는 경우가 대부분이다. 그들은 눈에 보이는 걸 사랑했고 그걸 사랑이라 믿었다. 눈에 보이는 게 한결같았다면 헤어지지 않았을 것이다. 아니 애초에 결혼하지 않았을지도 모른다.

시간이 지나면서 사랑의 가면을 벗은 사람들은 눈빛이 차츰 달라지고 본색이 결국 드러난다. 시력이 나빠지는 게 아니라 시선이 구부러지는 것이다. 그들은 본가 가족까지 동원해 한바탕 전쟁을 치른 후 각자의 길을 간다. 그런 그들도 주례 앞에선 "언제나 사랑하고 존중하며 진실한 남편과 아내의 도리를 다하겠다"라고 맹세했을 것이다. 그걸 철석같이 믿고 먼 길을 달려와 축의금까지 낸 하객들은 분통이 터질 일이다.

몇 해 전 가을에 국립극장에서 〈단테의 신곡〉이라는 연극을 본 적이 있다. 원작을 읽지 않았던 터라 참 좋은 기회라는 생각이 들었다. 하지만 연극 관람으로 고전을 읽는 고통(?)을 덜 수 있으리라는 나의 소박한 판단은 여지없이 빗나갔다. 두 시간 내내 '연극이 언제 끝나나' 하고 시계를 자꾸 내려다보았기 때문이다. 완성도나 작품성에 문제가 있는 게 아니라 앞에 펼쳐진 지옥, 연옥의 모습이 공연 내내 나의 내부를 콕콕 찔렀다.

여기서 퀴즈 하나. 로댕의 조각 〈생각하는 사람〉은 도대체 무엇을 생각하는 걸까. 벌거벗고 있으므로 '내 옷이 어디로 사라졌을까'를 생각할 것 같다는 짐작은 지난 시절의 개그에 불과하다. 로댕은 〈생각하는 사람〉을 지옥문 위에 배치했다고 한다. 그러니까 그는 자연스럽게 사시사철 지옥의 사람들을 내려다볼 수밖에 없는 처지인 것이다. "도대체 저 사람들은 왜 지옥에 왔을까." 이게 그가 고민하는 내용에 가장 근사한 답일 것이다.

〈단테의 신곡〉에서 본 지옥 사람들의 모습, 그들은 한마디로 말이 많았다. 그들이 쏟아내는 말의 공통점은 뭘까. 억울하다는 것이다. 자신은 지옥에 올 사람이 아닌데 뭔가 '잘못됐다'는 것이다(자신이 '잘못했다'는 게 아니라). 그래서 시종일관 부르짖는다. 아무도 들어주지 않는 원망의 말들로 지옥은 몹시 시끄러웠다.

내가 상상하는 천국 사람들은 말이 많지 않다. 대신 다른 공통점이 있다. 그들의 표정은 온화하고 손길은 부드럽다. 그들의 입에서는 억울하다는 말 대신 감사하다는 말이 자주 나온다. 결론을 말하면 천국엔 감사하는 사람들, 지옥엔 원망하는 사람들이 모여 있는 것이다.

강의 도중에 학생들에게 물었다. "천국이 있을까요?" 있다고 말하는 자들에겐 천국이 "천재의 나라가 아니고 천사의 나라"라고 말해준다. 똑똑한 사람들이 가는 곳이 아니라 착한 사람들이 가는 곳이라는 뜻이다. 천국이 없다고 확신하는 사람에겐 다음과 같이 권한다. "네가 사는 그곳을 오늘부터 천국으로 만들어봐라."

천국의 존재 여부는 내가 규정할 바 아니다. 있을 수도 있고 없을 수도 있다. 그러나 이것 하나만큼은 확실하다. 원망을 많이 하고 산다면 그는 이미 지옥에 살고 있는 것이다. 반대로 희망을 품고 사는 자들은 이미 천국에서 산다. 감사하고 봉사하는 게 그들의 생활이고 목표다.

일찍이 맹자는 사람의 마음을 여러 가지 형태로 나누어 제시했다. 그가 말한 마음 중 시비지심(是非之心)으로는 지옥을 벗어나기 어렵다. 매번 옳고 그른 걸 따지다가는 사랑이 전쟁으로 변하기 십상이기 때문이다. 천국의 마음은 측은지심(惻隱之心), 사양지심(辭讓之心)에 가깝다. 내 말을 못 알아듣는다고 야단칠 게 아니라 내가 왜 상대방이 알아듣도록 전달하지 못하는지를 반성한다면 평화는 깨지지 않을 것이다.

　내가 빛일 때 그는 그림자다. 그가 빛일 때 나는 그림자다. 그림자를 지우거나 몰아내려 하지 마라. 그림자는 빛의 친구다. 그림자의 존재를 인정할 때 비로소 소통이 시작된다. 지옥에선 말이 통하지 않는다. 저마다 자신의 소리만 외치기 때문이다. 그래서 말이 안 통하는 가정, 교실, 직장은 사실 문패를 붙이지 않았을 뿐이지 지옥이나 마찬가지다. 왜 그 지경에 이르렀을까. 소통이 되지 않는 이유는 '생각 따로, 말 따로, 행동 따로'이기 때문이다. 생각이 정직하게 말로 전달되고, 그 말이 따뜻한 행동으로 표현된다면 세상은 지금보다 덜 소란스러울 것이다. 소통이 원활한 곳, 원통이 사라진 곳, 그곳의 이름이 바로 천국 아닐까.

인생도   편집이   되나요?

한때 회사 명함에 적힌 나의 직책은 편성본부장이었다. 편집이란 말은 들어본 듯한데 편성은 또 무엇일까. 궁금한 이들에게 나는 비유적으로 답하곤 했다. 우리의 삶에도 편집과 편성이라는 과정이 반드시 필요하다고. 물론 행복한 삶을 위해서다. 분명한 건 편집이 먼저고 편성은 나중이라는 것.

신문사에 가면 편집국이라는 게 있다. 방송사에는 편집실이 있다. 신문의 편집국은 하나지만 방송의 편집실은 여러 개다. 편집국에선 지면, 편집실에선 화면이 중요하다는 건 짐작 가능할 것이다. 방송에서 편집이란 촬영한 그림

중에서 어떤 걸 버리느냐 결정하는 일이다. 쉬운 일 같지만 정말 어렵다. 이사 가는 장면을 생각해보라. 아무리 귀한 물건도 옮길 땐 짐에 불과하다. 서재를 보면 이해가 빠를 것이다. 이 많은 책을 다 가지고 갈 것인가. 안 읽는 책은 남에게 주거나 버려야 하는데 그걸 결정하는 일이 그리 수월치 않다. 어디 책뿐이랴. 입지 않는 옷, 쓰지 않는 그릇들은 또 오죽 많은가.

그렇다면 방송에서 버리는 기준은 뭘까? 상식적으로 생각해보면 먼저 NG가 난 화면을 버릴 것이다. NG는 'No Good'을 줄인 말이다. 좋지 않다는 뜻이다. 연기자가 실수를 했거나 카메라가 흔들렸거나 하는 경우인데 이런 건 전문가가 아니더라도 찾아내기 쉽다. 그러나 NG가 아닌 건 신중히 가려야 한다.

기준은 대략 세 가지. 새로운 것, 재미있는 것, 유익한 것. 그러니까 그 반대의 것들을 버리면 된다. 낡은 것, 지루한 것, 해로운 것. 문제는 그 기준이 자신이 아니라 다른 사람, 즉 시청자에게 적용되어야 한다는 것이다. 내 기준과 타인의 기준이 일치하거나 근접할 때 시청률은 올라가고 제작진은 능력자라는 소리를 듣는다. 하지만 시청률의 왕자라는 소리를 듣다가 결국은 시청률의 노예로 전락하는 건 사실 시간문제다. 미다스의 손은 모든 걸 황금으로 만들다 못해 사랑하는 사람마저도 황금으로 만들어 죽게 만드니 말이다.

신문은 바르고 빠른 게 최우선 가치다. 틀리거나(오보) 늦는 건(낙종) 기자에게 수치스런 일이다. 기자에겐 바른 것, 옳은 것이 아닌 것을 속도감 있게 가려내는 편집의 안목과 양식이 매우 중요하다. 하지만 특종을 좇다가 인간자체가 독종이 되는 일만은 경계해야 한다. 여러 기자가 작성한 원고들을 다시 가리는 건 이른바 데스크의 몫이다. 그가 특별히 자신과 가까운 사람들에게만 유리한 기사를 고르는 데 길들여져 있다면 그는 결국 자격 미달이나 함량 부족으로 평가될 것이다.

이제 편성을 애기할 차례다. 편집과 편성은 간단하게 말해서 정리와 정돈이다. 정리는 불필요한 걸 버리는 일이다. 공부 잘하는 학생은 노트 정리를 잘한다. 선생님 말씀을 다 적지 않고 꼭 필요한 것만 요약해 적는다. 녹취하듯 다 적다 보면 나중에 시험 공부하기 버겁다. 반면에 정돈은 보기에 좋고 편리하게 배치하는 절차다. 시청자가 즐겁고 편안하게 볼 수 있도록 프로그램을 요일이나 시간대별로 잘 정돈하는 일이 편성이다. 그러니까 신문도 지면에 따라 기사를 요령 있게 배치하는 일은 편성이라고 부를 수 있다. 다만 신문은 워낙 분초를 다투는 일이 많으니까 상대적으로 편성보다는 편집이 더 중요하다.

드디어 편집과 편성을 인생에 적용할 차례가 왔다. 걱정이 편집의 대상이라면 결정은 편성의 영역이다. 악기 편성이라는 말을 들어보았는가. 관악기, 현악기, 타악기를 잘 배치해 하모니를 이끌어내는 일이다. 인생도 마찬가지다. 한 가지 악기만 고집하지 마라. 다른 소리에도 귀 기울여야 삶이 균형을 찾는다.

'앞으로는 비슷한 실수를 반복하지 말자' 결심하고 기억 속에서 과감하게 도려내라. 편집실이 따로 없어도 괜찮다. 그러나 낡은 것, 지루한 것, 해로운 것들을 편집하는 시간만은 꼭 있어야 한다. 남의 눈을 의식하되 시청률에

너무 신경 쓰지는 마라. 살다 보면 이길 때도 있고 질 때도 있는 법. 좋은 화면(추억)을 만들고 또 고르는 데 주력하라. 편성은 수시로 바뀔 수 있다. 당신의 인생을 산뜻한 프로그램으로 개편하고 가족과 친구들에게 자신 있게 공개하라. TV를 켜지 않아도 당신 주변에 웃음소리가 끊이지 않을 것이다.

각자   위치로

친절과 겸손은 다짐대로 되지 않는다. 한 친구가 10년 넘게 연락 없이 지내다 갑자기 전화를 해왔다. 아이가 학교 숙제로 진로 탐색 인터뷰를 해야 한다면서 잠깐 시간을 내달라는 것이었다. 이런 부탁을 왜 거절하겠는가. 다만 일정이 문제였다. 토요일에 전화해 놓고는 월요일엔 제출해야 한다는 거다. 동창들과 소양강 댐에서 사진 찍다가 얼떨결에 받은 전화다.

모처럼의 주말여행. 일요일은 일정이 빡빡하다. 원고도 써야 하고 결혼식장 두 곳과 장례식장 한 곳에 가봐야 한다. 좀 어려울 것 같다고 하자 매달리기 시작한다. 초등학생 아이의 간절한 소원이라며 부성애를 건드린다. 결국 결혼식장 한 곳의 위치를 알려주며 약속을 잡았다. "내가 쉬워 보이나 봐." 전화를 끊고 중얼거리는 남편에게 아내가 훈계한다. "도와줄 수 있는 위치인 것이 감사하죠."

이 글의 주제어는 '위치'다. 내가 알려준 결혼식장 위치와 아내가 환기시켜 준 사회적 위치. 알아내기도 간단치 않고 지켜내기도 수월치 않은 게 '위치'다. 졸음으로 가득한 중·고등학교 물리 시간으로 기억이 이동한다. 칠판에 '위치에너지'라는 다섯 글자가 쓰여 있다. 나는 이 말의 정확한 뜻을 아직도 모른다. 설명을 다시 들어도 모를 것 같다. 이럴 땐 내 방식으로 '수목한계선'을 확대한다. 교실 안에선 과학탐구 영역이지만 학교 밖에선 사회탐구 영역으로 바뀐 게 많다. "높은 위치에 오른 사람은 자신의 에너지를 고상하게 써야 할 의무가 있다." 지나치게 자의적인 해석일까?

위치를 망각한 각종 언행이 연일 뉴스를 달군다. 자신의 위치에 걸맞게 말하고 행동하는 사람을 찾아보기 어렵다. 분노와 자존심과 허세가 위치를 객관적으로 파악하는 일을 방해한다. 마음을 다스릴 줄 아는 사람, 해야 할 말과 하지 말아야 할 말을 구별할 줄 아는 사람, 함부로 행동하지 않는 사람은 자신의 위치를 잘 알고 있는 사람이다. 그러나 세상에서 가장 어려운 일 중 하나가 자기 객관화다.

기억은 총알을 타고 훈련소까지 진입한다. 뙤약볕 아래 엎어졌다 일어났다 하면서 귀에 박히도록 들었던 그 말. "각자 위치로." 지금 대한민국 부활 캠페인 제목으로 적격 아닐까. 배경음악으론 시인과 촌장의 〈풍경〉을 깔고 싶다. "세상 풍경 중에서 제일 아름다운 풍경 모든 것들이 제자리로 돌아가는 풍경."

PART 3

감사투성이의

삶

거울　　　　　앞에서

　　　　　　　　　이렇게 저렇게 살다 보니 나도
환갑이 넘었다. 기분이 어떠냐고 누가 묻는다면 웃음부터
날 것 같다. 겁부터 나지 않은 게 얼마나 다행인가. 앞으로
어떻게 살아야 할지 갑갑하고 막막하다면 두려움과 서러
움이 밀려올 것이다. 그런 감정 대신 내 마음의 정원은 즐
거움과 고마움의 향기로 가득하다. 왜? 10년 전에 죽을 수
도 있었는데 아직도 살아 있으니까. 작년에 죽을 수도 있
었는데 지금도 살아 있으니까. 어제 죽었다면 지금 관 속
에 누워 문상객의 추억담에 귀 기울일 텐데 죽지 않고 이
렇게 책상 앞에 앉아 유유히 글을 쓰고 있으니까.

나이 들수록 가슴에 절절하게 와닿는 말들이 있다. 뿌린 대로 거둔다는 말도 그중 하나다. 이 말은 우리에게 두 가지를 요구한다. 먼저 뿌려라. 그리고 거두어라. 뿌리지도 않고 거둘 생각만 한다면 그건 도둑 심보다. 뿌리기만 하고 거두지 않는다면 그건 무책임의 소치다. 돌아보니 나는 제법 뿌렸고 기대한 것 이상으로 거두었다. 그리고 아직도 뿌릴 게 남아 있다. 그러나 사람들 앞에서 함부로 이런 말을 하진 않는다. 말은 터뜨리는 순간 퍼지고, 그렇게 퍼진 말이 누군가를 화나게 할 수 있으니까. 주로 자신하고만 주고받는 은밀한 대화다. 다만 이런 말이 오히려 자극이 되어 자신의 삶에서 행한 파종과 추수에 대해 돌아본다면 그건 퍽 다행스런 일이다. 그래서 가끔은 이런 글을 쓰며 위안을 삼는다.

나는 60년 동안 뭘 뿌렸나? 또 뭘 거두었나? 인생의 대차대조표를 이따금 들여다본다. 미움의 씨앗보다는 사랑의 씨앗을 조금은 더 뿌렸다. 절망보다는 희망, 비관보다는 낙관의 씨앗을 조금은 더 많이 뿌렸다. 이렇게 말할 수 있는 건 미움, 절망, 비관이 생길 때마다 자주 그것들을 내

다버렸기 때문이다. 결국 남은 것은 주로 사랑, 희망, 낙관이다. 그것들은 번식력이 강해서 10배, 100배의 생산물을 산출한다.

인생을 여행에 비유해본다. 신은 우리에게 몸과 마음을 선물로 주었고 거기에 시간을 덤으로 얹어주었다. 다시 신 앞에 서는 날이 오면 처음 받은 몸과 마음, 그리고 시간을 어떻게 썼는지 사실대로 낱낱이 보고해야 할 것이다. 그 날에 대비해 난 미래의 시간표를 대충 짜놓았다. 사는 동안 일할 수 있을 때까지는 즐겁게 일하고 놀 수 있을 때까지는 신나게 놀 것이다. 남들이 가진 것을 나도 가지려 아등바등하지 않을 것이며, 내가 가지고 있는 것들을 소중하게 활용할 것이다. 나를 피하려는 사람들을 억지로 만나려 애쓰지 않을 것이다. 자존심만은 끝까지 지키고 싶으니까. 나를 만나고 싶어 하는(착각일지라도 그렇게 느껴지는) 사람들 중에서 나 역시 만나서 이야기하고 밥도 같이 먹고 싶은 사람들을 우선 만날 것이다. 그렇게만 해도 10년은 훌쩍 지나가지 않을까. 지나간 10년이 그랬으니 말이다.

소박한 것 같기도 하고 원대한 것 같기도 하고 불가능할 것 같기도 한 이 계획을 이루기 위해서 나에겐 지금 무엇이 필요한가. 우선 건강해야 한다. 그것을 위해 조금 덜 먹고 조금 더 움직여야 한다. 그리고 가족으로부터 버림받지 않아야 한다. 가능한 한 소리는 지르지 말고 집안일도 조금씩 거들어야 한다. 돈도 벌 수 있을 때까지는 알뜰하게 벌어야 한다. 아내의 의견을 무조건 존중하고 아들의 눈치도 조금은 살펴야 한다. 이러면 비겁한 노후라고 손가락질당할 수도 있겠다. 하지만 신경 쓰지 않는다. 사랑하는 사람들을 위해 숙이고 사는 것이 뭐가 비겁한가. 비겁한 삶이란 자신과 남을 속이며 사는 가짜 인생이다.

행복해지는 건 간단한데 간단해지기가 어렵다는 말은 진리에 가깝다. 여기서 분명히 해둘 게 있다. 내가 사랑하는 사람이 나로 인해 행복해지는 일이 진짜 행복의 선순환 과정이다. 이 단순한 명제만 잊지 않는다면 오늘도 행복하고 내일도 행복하고 죽어서도 행복하다. 10년 후에 환갑을 맞을 후배들에게 말한다. 지금부터는 남들이 원하는 삶을 살지 말고 네가 원하는 삶을 살아라. 눈치 보며 따라가다 보면 계속 남들 뒤통수만 쳐다보게 된다. 남들 꽁무니만 바라보며 사는 게 뭐가 좋은가.

가질 수 없는 것들을 부러워하면서 인생을 낭비하지 말고 이미 가지고 있는 것들에 감사하며 즐겁게 살아라. 도대체 가진 게 뭐가 있냐고? 신이 주신 선물을 처박아두지 말고 지금 당장 꺼내라. 거울 속에 비친 너의 몸, 아직은 분별력이 있는 영혼, 그리고 불과 3미터 안에 있는 너의 가족. 이 귀한 것들을 그냥 바라만 볼 것인가, 아니면 닦고 조이고 기름칠하여 윤기 있게 만들 것인가. 거울은 오늘도 네게 묻는다.

나의   문화방송   답사기

똑같은 제목으로 《MBC 가이드》에 잠깐 연재를 한 적이 있다. 지속되지 못한 까닭은 둘 중 하나였을 게다. 바빴거나 게을렀거나. 쓸거리는 무궁무진했다. 별난 사람들이 많았고 재미있는 일들이 넘쳤다. 여유가 생기면 제대로 답사기를 쓰고 싶다고 생각한 지 꽤 오랜 시간이 지났다.

나이가 들면 과거에 저질렀던 일을 자책하기보다는 시도해보지 못한 일을 후회하는 경우가 더 많다고 들었다. 난 참 운이 좋았다. 하고 싶었던 일을 거의 다 해보았고 지금도 하고 있기 때문이다. 고맙게도 그건 MBC라는 비옥한 토양 덕분이었다. 거기서 씨를 뿌렸고 거기서 꽃을 피웠다. 과연 열매(實)는? 아쉽게도 내 인생은 유명무실(有名無實)과 명실상부(名實相符)의 중간쯤이 아닐까 하는 생각이 든다.

자주 만나는 사람들은 내가 긍정적이어서 좋다고 한다. 나와 멀어진 사람들은 내가 '너무' 긍정적이라서 마음에 안 든다고 한다. 확실히 '너무'가 문제이긴 하다. '너무'는 한도를 넘었을 때 하는 말이다. 그렇다면 긍정의 한도는 어디까지인가. 솔직히 나는 나를 바꾸고 싶지 않다. 직장을 일곱 번이나 바꾸었지만 그때마다 내 변명(?)의 핵심은 변심이 아니라 변신이었다. 내 마음은 한결같다. 그 마음의 정체는? 욕심보다는 동심이다. 동심은 한편으로 순수하고 한편으로 유치한 것이다.

입사 직후 어린이 프로그램 〈모여라 꿈동산〉 AD를 맡았다. 연출을 담당한 박명규 선배는 타이틀곡을 마음에 들지 않아 했다. "주제가를 바꾸고 싶은데 자네가 한번 가사를 써보는 게 어때?" 내가 국어 교사 출신임을 염두에 둔 제안이었다. 만약 그때 내가 이렇게 답변했다면? "제가 감히 노랫말을 쓰다니요. 전 그냥 소품이나 잘 챙길게요." 그러나 내 입에선 정반대의 말이 튀어나왔다. "외람되지만 혹시 제가 작곡까지 하면 안 될까요?" 선배의 당혹해하던 표정이 눈에 선하다. "실은 제가 어릴 적부터 취미로 노래를 많이 만들었거든요. 일단 들어보시고 마음에 들면 후보작으로 올려주세요." 그러고는 선배 옆자리에서 노래 하나를 뚝딱 만들어냈다.

"숲길을 돌아 구름을 타고 꿈동산에 왔어요. 새들은 날아 꽃들은 피어 노래하는 꿈동산. 하늘 아래 땅 위에 모두가 친구죠. 아무라도 좋아요. 꿈동산엔 담장이 없으니까요."

참 당돌한 신입사원이었다. 선배는 나를 악단실로 데려갔고 나는 장익환 단장 앞에서 방금 출시한 따끈따끈한 자작곡을 과감하게 불렀다. 일주일 후 그 노래는 프로그램의 주인공인 샛별이의 음성을 타고 전국에 울려 퍼졌다. 그때의 흥분과 설렘을 무엇에 견주랴.

그 후로도 나는 캠페인 '같이 사는 사회'와 〈퀴즈아카데미〉의 주제곡을 잇달아 만들었다. "즐거운 일도 우린 같이 괴로운 일도 우린 같이 언제나 친구같이 같이 사는 사회 가치 있는 사회", "꽃바람 부는 대로 흐르는 세상 뭐 신나는 게 없을까. 가는 대로 버려두긴 아까운 날들 멋지게 살아보세. 어린 시절에 꿈을 꾸었지. 오 내 친구야, 이제는 떠나야지. 꿈들을 찾아 퀴즈아카데미로."

유심히 들어보면 내가 만든 노래에는 공통적으로 들어가는 단어가 있다. 바로 '친구'다. MBC에 근무할 때 하루에도 몇 번씩 이런 노래가 방송에서 울려 퍼진 기억이 난다. "만나면 좋은 친구 MBC 문화방송" 돌아보니 MBC야말로 나의 평생 친구였다.

요즘 들어 시를 자주 쓴다. 새벽에도 쓰고 학교 가는 길에도 쓰고 잠자기 전에도 쓴다. 결코 시인의 마을까지 침범하려는 의도는 없으니 안심하시라. 말 그대로 취미생활의 연장이다.

내 시의 특징은 '짧다'는 것이다. 일종의 한국형 하이쿠(俳句)라고나 할까. 제목은 거의 두 글자고 내용도 네 줄을 넘지 않는다. "개는 짖는다. 새는 지저귄다."(제목 '평화'), "나는 이렇게 살다 죽을게 너는 그렇게 살다 죽으렴."(제목 '존중'), "돌아갈 순 없어도 돌아볼 순 있다."(제목 '반성'), "옳았다고 말하진 말자. 이겼다고 말하면 된다."(제목 '승부'), "상 받은 자 옆에는 상처받은 자가 있다."(제목 '인생') 대충 이런 식이다. "밥 먹을 때마다 행복하다면 하루에 세 번은 행복한 거다. 숨 쉴 때마다 행복하다면 매순간 행복할 거다."(제목 '행복')

시와 노래를 늘 곁에 두는 것은 젊고 행복하게 살 수 있는 비결 중 하나다. 시는 세상의 수많은 사물과 언어를 연결하는 매개체다. "내 마음은 호수요"라는 시구는 물리적으로 동떨어져 있다고 생각하는 호수를 내 마음과 연결시켜준다. 전혀 연결되리라 생각지 못한 것들을 맺어주는 것이 시와 노래의 힘이다. 시를 쓰는 것은 인생이 쓰기 때문에 가능하다. 인생은 달콤하지 않으므로 그런 인생을 위로받기 위해 우리는 시를 쓴다. 시를 써서 쓰디쓴 인생을 위로하는 것, 이것이 나의 시 철학이다.

시를 쓰며 돌아보니 감사한 것 천지다. 감사의 열매가 곳곳에 매달려 있다. 내가 수확한 열매의 다른 이름은 봉사다. 많은 걸 누렸으니 조금씩 갚아야겠다. 갑자기 나를

향해 일제히 이렇게 외치는 듯하다. "말로만?" 유명무실이
냐, 명실상부냐. 결국은 그것이 문제로다.

자진   신고   기간

4월은 만우절로 시작한다. 거짓 말이 아니라 무해한 농담을 허용하는 날이다. 농담에도 농담(濃淡)이 있다는 말은 기억할 만한 조언이다. 농도 짙은 농담을 섣불리 했다가는 엘리엇의 시에서처럼 '4월은 가장 잔인한 달'이 될 수도 있다. 유머 다음에 센스라는 말이 따라붙는 덴 그럴 만한 이유가 있다.

때는 7080시대. 신촌의 대학 축제 무대에 오른 개그맨이 '출신'을 밝힌다. "저도 연대 나왔어요." 학생들이 환성을 지르는 바람에 뒤이어 말한 내용은 소음에 묻힌다. "23연대에서 행정병 했거든요."

이게 화근이 될 줄이야. 23연대 출신의 그 개그맨은 한

동안 학력 변조자로 구설에 올랐다. 농담이 아니라 불찰이 유죄였다. 그 개그맨의 인터넷 개인정보에 한동안 연대 출신이라고 떠 있었던 것이다. 그가 그런 사실을 알았는지 몰랐는지는 알려진 바 없다. 그가 연대 출신이라고 생각한 사람이 얼마나 있었는지도 가늠할 도리가 없다. 그가 정보 오류로 반사이익을 챙겼다는 증거 또한 밝혀진 게 없다. 그는 상당히 억울했을 것이다. "세상에 농담도 못하나?" 그러나 세상은 세월을 이기지 못한다. 결국 그는 유명한 사람이라면 반드시 내야 하는 세금, 즉 유명세를 납부하고야 말았다. 착오는 바로잡았지만 명예까지 붙잡진 못했다.

아파트 현관에 이런 공고문이 붙어 있다. 몇 해 전 4월에도 비슷한 게 붙어 있었다. "미신고자 및 거짓신고자는 자진 신고하세요. 과태료 부과 금액의 2분의 1을 경감해드립니다." 신고 기간은 4월 말까지다. 제목을 보니 주민등록 일제정리 안내공고문이다. 별 상관도 없는데 며칠 전에 본 뉴스 장면이 오버랩된다. 고위직 공무원의 인사청문회. '점잖은' 분 망신 주기 자리로 굳어진 지 오래다. 하지만

'황무지에도 라일락 꽃은 피는' 법. 청문회는 대국민 캠페인의 성격도 살짝 있다. 초등학교 때 이미 귀가 닳도록 익힌 내용이다. "신고할 건 신고하고 납부할 건 납부하자. 그것도 제때에 하자. 그리고 이왕이면 법을 잘 지키자." 차제에 4월을 '고백 기간'으로 설정해 문제가 될 만한 과거 행적을 자진 신고하도록 유도하면 어떨까. 귀찮긴 하겠지만 인터넷 바다에 떠다니는 부유물도 깔끔하게 걷어내는 게 좋을 듯하다.

〈호세마리아 신부의 길〉이라는 영화는 첫 장면이 인상적이다. 오스카 와일드가 남긴 말로 화면이 시작된다. 4월의 금언으로 손색이 없다. "모든 성인에게는 과거가 있고 모든 죄인에게는 미래가 있다."

미안해,   사랑해,   고마워

아들은 덤벙댄다. 뭐가 그리 급했는지 컴퓨터도 끄지 않고 외출했다. 자주 있는 일이긴 하다. 바닥을 걸레질하던 엄마는 자연스레 컴퓨터에 눈을 옮긴다. 쓰다 만 글이 화면에 떠 있다. 이게 뭐지? 첫 문장부터 예사롭지 않다.

"사나이는 울지 말아야 한다는 말은 틀린 것 같아요. 생각해보면 20년 동안 난 엄마한테 항상 받기만 하고 뭐 하나 제대로 해드린 게 없었네요. 엄마, 그동안 못난 아들 하고 싶은 것 다 할 수 있게 해줘서 너무 고마워요. 엄마한 텐 참 미안하지만 먼저 가서 내가 하고 싶은 일들 하고 있을게요. 나중에 다시 만날 때 부끄럽지 않게 열심히 하고 있을게요. 나중에 너무 혼내지 마세요. 저에게 허락된 시간이 많지 않아 여기까지만 하겠습니다. 엄마, 고맙고 미안해요. 그리고 사랑해요."

나중에 다시 만날 때? 저에게 허락된 시간? 엄마의 눈이 뒤집힌다. 가슴이 내려앉는다. 손이 떨린다. 발이 얼어붙는다. 휴대전화를 가까스로 찾아 단축번호를 누른다. 벨소리가 아주 가까이서 들린다. 아들의 휴대전화가 침대 위에서 노래를 부른다. 말 그대로 멘붕이다. 바로 그 순간 천연덕스럽게 문이 열리는 소리. '유언'을 남기고 사라진 아들의 손에 편의점에서 산 라면이 들려 있다.

"이거 뭐야?" "뭐긴 뭐예요, 라면이지." 엄마가 걸레를 던진다. "죽는다면서 라면은 무슨 라면?" 아들은 어리둥절하다. "죽기는 누가 죽어요?" 그때 아들이 엄마의 눈에서 눈물을 본다. 사태를 알아차리고 비로소 웃는다. "컴퓨터 보셨구나. 우리 엄마 참 단순하네. 이거 과제예요, 과제. 비행기 추락 5분 전에 가족한테 문자메시지 보내기."

도대체 어디까지가 '리얼'인가? 반은 사실이고 반은 거짓이다. '유서'와 과제는 사실인데 모자간의 대화는 내가 적당히 지어낸 얘기다. 미안하게도 문제의 과제를 낸 장본인이 바로 나다. 이 '악취미'에는 유래가 있다. 이화여대에서 7년 반 동안 교수로 일했을 당시 '미디어 글 읽기와 쓰기'라는 과목에서 '유서 쓰기'를 과제로 낸 적이 있다. 팔팔한 이십 대에게 연서가 아니라 유서를 쓰라니…….

의도는 좋았다. 얼마나 살 것인지를 가늠하면 어떻게 살아야 할지 답이 나올 거라는 생각에서였다. '언론플레이'도 안 했는데 어떻게 소문을 들었는지 일간지 기자가 취재를 왔고 그게 기사로 떴다. '스무 살의 유서'는 졸지에 장안의 화제(?)로 떠올랐다.

제자들의 반응은 어땠을까? 한마디로 압축하면 '감사'였다. 과제를 낸 내게 감사한 마음도 조금은 있었지만(시간의 소중함을 알게 해주어서 고맙다는) 거의 대부분은 부모에게 감사, 사랑해준 모든 이들에게 감사, 살아 있다는 사실에 감사하다고 했다.

십 몇 년이 흐른 지금은 달라졌을까? 이번에도 예외는

없었다. 좀 짧아지긴 했지만 주제는 그대로였다. 죽을 때가 되면 철든다는 말은 사실이었다. 스무 살의 마지막 문자메시지는 세 마디로 얼룩져 있었다. "미안해요, 사랑해요, 고마워요."

책 제목 하나가 어렴풋이 떠오른다. 《미안하다고 말하기가 그렇게 어려웠나요》다. '유서 쓰기' 과제를 낼 때와 비슷한 시기에 나온 책이다. 내용은 충격적이다. 명문대에 다니던 아들이 부모를 무참하게 살해한다. 평소에 얌전하기로 소문난 아이였다. 이럴 때 떠오르는 말은 두 마디다. '오죽하면'과 '아무리 그래도 그렇지.' 책은 이 사건을 주목한 심리학과 교수가 구치소에 있는 가해자와 오랫동안 면회한 내용이다.

진단은 하나. 소통의 부재였다. 세상에 자식을 사랑하지 않는 부모가 어디 있으랴? 다만 사랑을 말하지 않는 부모는 많다. 사랑한다고 말하기가 그렇게 어려운가? 자식도 마찬가지다. 부모에게 죄송하고 사랑하고 감사하지 않은 자식이 세상에 어디 있으랴? 그러나 그걸 표현하는 자식은 많지 않다. 낯간지러워서? 쑥스러워서? 다 알고 있을 테니까? 지금 이 순간부터는 아끼지 말자. 대량 방출하자. 지금 살아 있을 때 무한 발설하자. 조금 무안하지만 많이 행복해질 것이다. 소리 내 연습해보자. 미안해, 사랑해, 고마워.

그럴   필요   없는데

　　　"사람들은 급행열차에 올라타지만 자기가 무엇을 찾으러 떠나는지 몰라. 그래서 법석을 떨며 제자리에서 맴돌고 있는 거야." 어린 왕자가 말했다. 그리고 다시 말을 이었다. "그럴 필요 없는데……."

　　가을학기 수업 중에 '삶과 꿈'이라는 과목이 있다. 정확하게는 '문, 삶과 꿈'이다. '문'이라는 글자가 붙은 건 문, 사, 철, 즉 문학, 사학, 철학 중 문학에 집중한다는 의미다. 교재는 세 권인데 교수가 재량으로 고를 수 있다. 나는 엄청나게 두꺼운 책(상하 두 권이고 저울에 올려보니 무려 1.8킬로그램)과 매우 가벼운 책 하나(이 또한 무게를 재보니 0.2킬로그램), 그리고 영화가 더 유명한 책 한 권을 골랐다. 제목은 순서대로 《돈키호테》, 《어린 왕자》, 《죽은 시인의 사회》다.

　내가 보기에 돈키호테가 행복한 건 착각 덕분이고 어린 왕자가 불행한 건 환상 때문이다. 착각, 환상이 아닌 이상을 현실로 옮기려던 키팅 선생. 그는 결국 학교에서 추방당한다. 어느 노랫말처럼 '내 속엔 내가 너무도 많아'서 내 안에는 이 세 사람이 모두 살고 있다. 가끔은 돈키호테, 때로는 어린 왕자였다가 마침내 키팅 선생이 된다. 다중인격은 아니고 대략 다중방송 정도로 때마다 필요한 채널로 갈아타는 형국이다. 그렇게 지냈더니 직장에서 오래 버틸 수 있었다. 그래서 행복했냐고 누군가 묻는다면 이렇게 답할 참이다. "궁금하면 너도 그렇게 한번 살아봐."

　비슷한 질문을 자주 받는 편이다. "좋은 책 좀 추천해주세요." 이런 질문은 인터뷰나 면담이 끝나간다는 신호다. 단번에 답을 준 경우는 없다. 우선 진짜 궁금해서 묻는지 의심이 간다. 내가 추천한다고 해서 과연 그 책을 사서 읽을까? 도서관에 가서 빌릴까? 혹시 내 취향으로 내 성향까지 파악하려는 의도가 아닐까? 사실 질문받을 때마다 똑

같은 책을 추천하는 것도 어색하다. 그래서 이렇게 답한다. "세상에 수없이 많은 책이 있죠. 일단 서점이나 도서관으로 가세요. 눈길을 끄는 책 앞에서 걸음을 멈추세요. 잠깐 서서 펼쳐본 후 마음이 끌린다면 지갑을 여세요. 그리고 구매하거나 빌리세요."

책 많이 읽는다고 자랑하는 건 밥 많이 먹는 걸 뽐내는 일과 비슷하다. 영양이 풍부한 책을 음미하며 읽고 내 것으로 소화해야 한다. 그렇지 않으면 정신적 비만이 될 수 있다. 차라리 나는 읽었던 책 중에 좋은 책을 다시 읽으라고 권한다. 예전에 몰랐던 내용을 발견하는 기쁨이 작지 않다. 돈키호테와 어린 왕자를 다시 만난 후 고은 시인의 유명한 시 〈그 꽃〉이 떠오른 것도 그래서다. "내려갈 때 보았네. 올라갈 때 못 본 그 꽃." 어렸을 땐 못 맡았던 그 사람의 향기가 나이 든 나를 확 끌어안는다.

안 해야겠다고 다짐하면서 오늘도 한다. 나이 얘기다. 공자가 예순을 이순(耳順)이라 했다는데 그 정도 나이가 되면 웬만한 건 다 이해할 수 있다는 의미라 배웠다. 정작 내가 이순이 되었는데 그 말이 내겐 안 맞는 것 같다. 여전히 이해하기 어려운 게 많다. 그래서 그냥 남의 말에 너무 신경 쓰지 말라는 뜻으로 이순을 해석한다. 그러나 그 또한 쉽지 않다.

《돈키호테》에 이런 말이 나온다. "남 말하기 좋아하는 혀를 묶어두려고 하는 건 넓은 들판에 문을 달겠다는 것처럼 바보짓이야." 이제 나는 이순을 2순으로 쓴다. 나이 든 자에게 필요한 두 개의 순. 유순(온순)과 단순. "너희가 무슨 말을 하고 다니든 자유다. 난 화내거나 대꾸하지 않을 거다. 복잡하게 살아서 좋은 게 뭐냐? 곰곰이 생각해라. 해 질 무렵 알게 될 거다. 그럴 필요 없다는 걸."

신문을 펼치니 '왜 저러고 살지?' 싶은 사람들이 1면부터 쫙 깔렸다. "그럴 필요 없는데……." 그 모습을 보니 옛말이 포근히 와 닿는다. 흥분하지 말자. 남 말하기 좋아하는 사람들과 넓은 들판에 문을 달아보려 하는 바보들은 결코 사라지지 않을 테니.

기억의 　　　　숲에서 　　　기억하기

　　　　　　　　기억력 좋은 사람이 입시에서
유리한 건 예나 지금이나 같다. 그러나 시험이 끝난 후에
중요한 걸 기억하는 사람은 많지 않다. 영리한 자들은 자
기에게 필요한 것만을 기억한다.

　또다시 4월. 기억하는 사람들과 기억하지 않는(못하는)
사람들, 기억하고 싶지 않은 사람들이 라일락의 뿌리처럼
뒤엉켜 있다. 왜 하필 라일락인가. 해마다 4월이면 누군가
이 꽃을 '리마인드' 시켜준다. 제목은 〈황무지〉, 시인의 이름
은 토마스 스턴스 엘리엇, 줄여서 T. S. 엘리엇이다. "4월은
가장 잔인한 달 죽은 땅에서 라일락을 키워내고 추억과 욕
정을 뒤섞고 잠든 뿌리를 봄비로 깨운다." 잔인하지 않은

달이 어디 있으랴. 하지만 유독 4월을 가장 잔인한 달이라
고 시인은 지목했다.

시인이 된 사람은 적지만 누구나 시인의 감성으로 보낸
시기는 한 번쯤 가졌을 것이다. 나도 그랬다. 1년에 한두
번 기차를 탔는데 그때 시인의 기분을 누렸다. 중학생 때
차창 풍경을 보며 시를 지었다. "눈 덮인 작은 봉우리에 마
지막 사람이 살고 있네." 제목은 '무덤'이다. 죽은 자는 말
이 없다. 산 자들이 뒤에서 말할 뿐이다. 하지만 이런 말도
있다. "가장 잔인한 거짓말은 종종 침묵 속에서 이루어진
다(The cruelest lies are often told in silence)."

2014년 4월 이후 광화문을 지날 때면 노래 하나가 자꾸
걸음을 멈추게 했다. "그 깊은 바닷속에 고요히 잠기면 무
엇이 산 것이고 무엇이 죽었소." 〈아침이슬〉의 작곡가 김
민기가 고등학생 때 만든 〈친구〉라는 노래다. 친구가 바다
에 빠져 실종된 후 돌아오는 기차 안에서 지었다고 한다.

친구가 실종된 바다는 거대한 무덤처럼 보인다. 2015년
4월 그 자리에 이방인 가족이 나타났다. "저는 오드리 헵

번의 아들입니다." 세기의 연인까지는 기억하는데 그 아들은? 그는 '마음'을 들고 나타났다. 그 마음은 '기억'이다. 그가 '기억의 숲'을 제안했고 2016년 봄 드디어 완공했다. 그의 착한 마인드가 무딘 우리를 '리마인드' 시켜준 것이다.

미술관이나 박물관은 기억의 숲이다. 예술가는 우리를 '리마인드'하게 만든다. 묘지 역시 기억의 숲이다. 죽은 자들이 산 자에게 묻는다. 제대로 살고 있는가? 엘리엇은 시를 '리듬감 있는 불평'이라고 했다. 리듬만 있고 불평은 없는지, 불평만 있고 리듬은 없는지를 되돌아보는 지금은 4월이다.

돌아갈 순 없어도 돌아볼 순   있다

　　　　　　　　　　재미 삼아 이따금 '10대 뉴스'를
선정한다. 정확히 말하면 '나의 10대 뉴스'다. 언론사에서
발표하는 것들과는 상관없는, 그야말로 어떤 영향력도 없
는 '내 맘대로 랭킹'이다. 한 해 동안 내가 연루된 일 중에
서 흐뭇하고 보람 있던 일 위주로 고른다. 언젠가는 10대
뉴스를 채우기 어려울 때가 올 것이다. 그 무렵엔 특집으
로 '내 인생의 10대 뉴스'를 선정할 예정이다.

　마음에 낀 미세먼지를 없애려면 각자 나름의 영혼 세척
법이 필요하다. 방송에 비긴다면 마음을 세밀하게 편집하
는 행위다. 이런 희한한 습성을 알아챈 누군가가 "진짜 못
말려"라고 했을 때 내가 한 대답은 "그냥 젖은 채로 살게

내버려둬"였다. 그는 웃었고 나도 웃었다. 건조한 분위기를 잠시나마 촉촉하게 만드는 '가습기 같은 언어유희'도 괜찮지 않은가.

10대, 20대 시절엔 연말에 '10대 친구'도 뽑았다. 베스트로 뽑힌 친구를 위해 작은 선물도 마련했다. 상을 전해받은 친구에게 나는 베스트가 아니었을 가능성도 있다. 하지만 개의치 않았다. 받아준 것만으로도 만족했으니까. 낡은 일기장 속엔 사랑스러운 친구들의 이름이 선명하게 남아 있다. 그들 덕분에 외로움은 그리움으로, 그리움은 다시 고마움으로 옷을 갈아입었다.

실리콘밸리에서 한국인 대상으로 강연을 할 기회가 있었다. 당연히 '나의 10대 뉴스' 감이다. 그때 사귄 친구들과는 아직까지 즐겁게 교신 중이다. 첫 도착지인 LA 공항에서부터 동행한 그 친구들과 나는 죽이 잘 맞았다. 그들은 한순간도 심심한 걸 못 참았는데 그 심심풀이용 취미가 나랑 비슷했다. 놀라지(놀리지) 마시라. 만난 지 불과 한 시간도 채 되지 않아 우린 끝말잇기를 시작했다. 네 글자의 한자어, 즉 사자성어로 이어 나가야 했다. 나도 한국에서 꽤나 고수라 자부했는데 이 친구들은 이역만리에서 이 놀이에 심취해 있었고 두세 명은 달인의 경지를 넘볼 정도였다.

정문일침, 침소봉대, 대성통곡, 곡학아세, 세종대왕, 왕정복고, 고도비만……. 이렇게 우리는 세상에 떠도는 사자성어를 모조리 등장시켰다. 리듬을 타는 게 중요한데 구구단 외는 속도보다 조금 빨라야 인정받는다. 놀랍게도 이들의 평균연령은 40대 중반. 도대체 이역만리에 사는 40대 안티에이징 소년들의 비결은 무엇인가. 정답은 시간 가는 줄 모르고 즐겁게 산다는 것이었다. 지루함을 견디는 건 이들에게 고역을 넘어 죄악이었다. 한편 일할 땐 미친 듯이 달려들었다. 그들에게 바쁜 건 나쁜 게 아니라 기쁜 거였다. 나이를 거꾸로 먹는 법을 그들은 터득하고 있었다. 그들과 나는 함께 다짐했다. "철들지 말자, 물들지 말자."

벤처업계의 심장부를 거닐다 보니 자연스레 두 친구가 화제로 올랐다. 스티브 잡스는 너무 일찍 가버렸다는 얘기, 빌 게이츠는 참 잘 늙고 있다는 이야기. 대면한 적은 없지만 나랑 동갑내기 빌이야말로 다재다능, 다정다감한 친구다. 최고의 부자로 뉴스에 나오는가 싶더니 이젠 최고의 기부자로 이름을 굳히는 모양새다. 40대 소년들에게도 그는 영감과 결심의 원천인 듯싶다.

삶이 힘에 부칠 때마다, 일상이 고단할 때마다 떠올리는 두 사람이 있다. 노라노 패션디자이너와 최고령 MC 송해. 영원한 현역인 그들은 아흔이 훌쩍 넘은 지금도 여전히 팔팔하다. 얼마 전 아침 프로에 노라노 선생이 출연했다. 다큐멘터리 영화 〈노라노〉 개봉 즈음이었다. 눈빛은 살아 있고 목소리엔 자부심이 넘쳤다. 사회자가 물었다. "선생님이 생각하실 때 좋은 옷이란 어떤 옷입니까?" 평생 옷을 만들며 산 그의 의상 철학이 궁금하지 않은가. 대답은 간결했다. "옷이 먼저 보이면 실패한 겁니다. 사람이 보여야죠."

명언을 들었으니 이젠 새겨둘 차례다. 절로 응용이 된다. 돈이 먼저 보이면, 명품이 먼저 보이면, 명함이 먼저 보이면 미흡한 삶이로구나. 일요일마다 무대 위에서 전국의 특산물을 선물받아 섭취하는 덕분인지 만년 청년으로 사는 송해 MC에게는 4행시 한 편을 헌정하고 싶다. 시의 제목은 그의 이름을 딴 '바다(海)'다.

옹달샘은 옹벽을 쌓고 산다.
새벽에 토끼가 물만 먹고 간다.
바다는 모두를 받아들여 바다가 됐다.
물고기와 해녀들이 고맙다고 인사한다.

싫은   것과   미운 것

　　　　　　　록오페라 〈지저스 크라이스트
슈퍼스타〉를 열 번 넘게 보았다. 배역이 바뀔 때마다 극장
을 찾았으니 앙상블 역할 정도는 나도 할 수 있겠다 싶을
만큼 가사가 친숙하다. 가사를 쓴 팀 라이스와 곡을 만든
앤드류 로이드 웨버는 작품이 태어나던 1970년에 20대 젊
은이들이었다. 둘 다 나중에 영국 왕실로부터 작위를 받았
으니 이 작품은 천재의 탄생을 알리는 서막인 셈이다.

　그런데 스타가 아니고 왜 슈퍼스타일까. 스타는 팬을
몰고 다니지만 슈퍼스타는 제자를 이끌고 다닌다. 이런 점
에선 공자나 석가도 마찬가지다. 그들은 언제나 제자와 어
울려 다녔다. 도대체 뭘 하며 지냈나. 늘 문답하고 그 해답

을 실행에 옮기며 살았다.

짧은 기간이었지만 교사로 직장 생활을 시작한 걸 자부하는 편이다. 적성에 맞게 국어 선생을 했으니 그 점도 다행이다. 국어는 말하기, 듣기, 읽기, 쓰기를 가르치는 과목이다. 그런데 시간이 갈수록 사람들의 국어 실력이 줄어드는 듯해 큰일이다. 말을 잘 못한다기보다 잘 못 알아듣고 안 좋은 말을 자주 쓰는 모습이 안쓰럽다.

우리는 국어 시간에 주제를 파악하는 법을 익혔고 비슷한 말과 반대말도 배웠다. 텔레비전 뉴스에 나오는 소란스런 풍경 속에는 주제 파악을 제대로 못하는 경우가 꽤 많다. 문단 나누기, 핵심어 찾기를 연습하고 시험도 많이 보았을 텐데 실력이 영 마뜩치 않다. 그러니 대화가 잘 풀릴 리 없다. 온라인 세상이 더 활기차진 것도 한몫했다. 그들은 소통하는 게 아니라 같은 편끼리 한쪽에 몰려 있다가 생각이 다른 사람이 어쩌다 의견을 내면 바로 묵사발을 만든다.

이런 상황을 비유할 때 내가 지어낸 당근 이야기를 한

다. 소풍을 갔는데 어떤 학생이 김밥 속에 있는 당근을 모조리 빼낸다. 왜 그러냐고 물으니 당근을 싫어한단다. 엄마한테 미리 말하지 그랬냐니까 엄마는 당근을 먹어야 한다며 억지로 끼워 넣는단다. 학생은 자기 취향을 무시하는 엄마에게 행동으로 불만을 표한다. 당근이 싫으냐고 거듭 물으니 고개를 끄덕인다. 그렇다면 질문을 바꿔본다. 당근을 미워하냐. 대답을 주저한다. 학생은 당근을 싫어하지만 미워하진 않는다.

소풍은 수업의 연장이므로 국어 선생은 싫어하는 것과 미워하는 것의 차이를 설명한다. 싫어하면 안 먹으면 된다. 그러나 싫다고 미워하면 안 된다. 미움은 본인과 대상에게 영향을 미친다. 당근에 대한 미움이 극에 달하면 나중엔 농부까지 원망한다. 마침내 당근밭으로 달려가 농성을 할지도 모른다. "나쁜 농부는 각성하라. 당근을 폐기 처분하라."

좋은 사람의 반대말은 싫은 사람인가, 나쁜 사람인가. 그저 싫은 사람일 뿐인데 나쁜 사람이라고 구분하는 경우가 부지기수다. 대개의 경우 싫은 사람은 단지 나하고 맞지 않는 사람일 뿐이다. 그렇다면 맞는 사람의 반대말은 무엇인가. 틀린 사람인가, 그른 사람인가. 어떤 이가 옷가게에서 "이 옷은 나한테 안 맞아요"라고 할 수는 있다. 그러나 "이 옷이 틀렸네요", "이 옷이 글렀네요", "이 옷이 못됐네요"라고 말하진 않는다. 그런데 현실에선 어떤가. 자기하고 맞지 않는 사람을 틀린 사람, 나쁜 사람이라고 속단한다. 그리고 그것을 드러내고 널리 퍼뜨린다. 볼썽사나운 모습이다. 사람들 대부분이 좋은 사람의 비슷한 말을 친한 사람이라 여기는 듯하다. 그래서일까. 안 친한 사람은 싫은 사람, 심지어 나쁜 사람으로 분류되곤 한다.

〈지저스 크라이스트 슈퍼스타〉로 돌아가자. 제목만 보면 예수가 주인공일 것 같지만 실제로 무대를 뒤흔드는 건 그를 배신하는 유다라는 점이 특이하다. 유다는 왜 스승을 팔았을까. 유다가 마지막에 부르는 노래가 그의 속마음을 대신한다. "어떻게 그를 사랑해야 할지 난 모르겠다(I don't know how to love him)." 극 중에서 막달라 마리아가 부르는 노래로 유명하지만 유다의 노래도 울림이 크다. 전후를 살펴볼 때 예수는 유다를 미워하지 않았다. 유다도 예수를 미워하지 않았다. 오히려 사랑했다. 예수는 다른 제자들과 똑같이 유다를 대했다. 그러나 유다는 믿지 않았다. 의심했고, 추측컨대 특별한 대우를 받고자 했다. 이게 바로 비극의 시작이었다.

스타는 멋진 사람이지만 슈퍼스타는 거기에 더해 값진 사람이다. 가격으로 환산할 수 없는 영혼의 힘을 가진 사람이다. 그래서 훌륭한 사람이다. 그런 사람들은 용서하고 감싸 안는다. 증오로 되갚지 않는다. 그런 사람들로 세상이 훈훈해졌으면 좋겠다.

통통통

술잔을 든 채 지루한 시간을 버
텨야 하는 상황에 간혹 직면한다. 건배사 듣는 자리다. 주
례사가 길면 살짝 빠져나가거나 옆 사람과 잡담이라도 나누
련만 센스 없는 건배사는 듣는 이를 '극기 훈련장'으로 데려
가기 일쑤다. 그렇지만 동의하지 않아도 맞장구를 쳐주는
게 예절이고 관행이다. 주로 선배나 상사가 건배를 제의하
기 때문이다. 공개하고 싶지 않지만 좋은 건배사 평가 항목
은 네 가지다. 간결하고 새로우면서 재미와 의미가 드러나
면 좋다. 반면 진부한 건배사에 해설까지 길게 곁들이면 최
악이다.

건배사를 소재로 우리금융지주 이순우 회장이 쓴 칼럼

을 읽었다. '통통통' 선창하면 '쾌쾌쾌' 화답한다는 내용이다. 의사소통, 만사형통, 운수대통. 그리고 유쾌, 상쾌, 통쾌. 주문처럼 외우기만 해도 뭔가 뻥 뚫릴 것 같지 않은가.

대학이 종강을 맞았다. 느닷없이 칠판에 '通'이라는 한 자를 쓰고 학생들에게 읽어보라고 했다. 통. 잘 읽는다. 소통, 형통, 대통 모두 '통할 통(通)'이다. 건배사로 제격이다. 이번엔 '統'을 썼다. 역시 맞힌다. 통일, 통솔, 통합 모두 '큰 줄기 통(統)'이다. 건배사로 쓰는 데 부족함이 없다. 마지막은 痛이다. 못 맞힐 리 없다. 두통, 치통, 복통. 고통의 형제들 항렬은 가지런하다. 자, 지금부터 퀴즈다. '통쾌하다'고 말할 때 이 셋(通, 統, 痛) 중 어떤 '통'을 써야 어울릴까. 이번엔 정답 비율이 높지 않다. '痛快'가 맞는데 '通快'나 '統快'라 유추하는 학생이 적지 않다.

해석을 곁들이는 건 선생의 직분이다. "통쾌해지려면 고통이 선행되어야 한다. 잘 통해서, 한통속이라서 즐거운 게 아니라 견뎌야 할 고통을 이겨냈기 때문에 즐거움이 크다는 얘기다. 불행은 행복의 맞은편에 있지 않다. 같은 선상에 있다. 불행의 마지막 정거장이 행복이다. 그런데 그걸 못 참고 중간에 내려버린다면 얼마나 원통한 일인가."

학생들의 표정에 어둠이 깔린다. 마지막 '건배사'가 너무 길었나? 젊은이들 사이에서 언제부터 떠도는 희망고문이라는 말이 귀에 박힌다. 한국 청년들이 겪는 희망고문은 비극적이다. 희망이 보이지 않는데 자꾸 희망을 이야기하니 듣기 고통스럽다는 얘기다. 칠판 글씨를 지우는 선생도 적잖이 뜨끔했다.

그럼에도 내가 좋아하는 건배사는 '미래를 위하여'다. 과거와 현재는 있는데 미래가 없다면 얼마나 슬픈 일인가. '지금처럼', '우리처럼'이라는 건배사도 즐겨 한다. 과하지 않고 담백한 덕담을 나누며 술잔을 부딪치는 일이 아직은 꽤 즐겁다.

영안실의   멜로디

친구들을 만나는 곳도 나이에 따라 달라진다. '못 찾겠다 꾀꼬리'를 외치던 동네 꼬마들은 지금 종적이 묘연하다. 나도 떠났고 그들도 날 더 이상 찾지 않기 때문이다. 이따금 동심은 동네가 그립다. "얘들아, 뭐하니? 죽었니, 살았니?"

학교에서, 군대에서, 직장에서 만난 친구들. 그들도 이제 거기 남아 있지 않다. 운수 좋은 친구들 일부만 아직도 일을 한다. 그들은 어쩌다 만나면 피곤해 죽겠다는 표정이다. (부러워 죽겠다는 시선이 미안한 거겠지.) 일이 없는 친구들은 외로워 죽겠다고 엄살을 피운다. 심심할 때마다 '까톡 까톡' 하며 주머니에서 초인종을 누른다. "다정했던 사람

이여 나를 잊었나"로 시작하는 노래가 밴드의 주제곡으로
제격이다.

　죽겠다, 죽겠다 하면서도 여전히 살아 있는 친구들을
한꺼번에 만날 수 있는 곳이 두 군데 있다. 결혼식장과 장
례식장. 자식들을 출가시키거나 부모님 또는 배우자를 떠
나보내는 자리. 황망하게 본인이 먼저 가기도 한다. 결혼
식장에선 박수가, 장례식장에선 악수가 주를 이룬다. 시대
가 바뀌어 결혼은 선택과목이 됐지만 죽음은 여전히 필수
과목이다. 나를 위한 축가는 서서 듣지만 나를 향한 진혼
곡은 누워서 듣는다. 그것이 인생이다.

　가는 길이 다르고 노는 물이 달라도 눕는 곳은 같다. 기
착지는 달라도 도착지는 하나다. 간혹 유명인사가 세상을
떠나면 TV 뉴스에서 그의 장례식장을 오래 보여준다. 낯
익은 사람들이 영정사진 앞에서 고개 숙이는 장면을 카메
라에 담는 것이다. 그때 사람들은 문상 오는 인물들의 면
면과 숫자로 죽은 자의 인생을 평가기도 한다.

문상에서 세상을 보면 마음의 풍경도 바뀐다. 다시는 안 볼 것 같던 사람도, 상대가 잘 안 되길 바라던 경쟁자도 저마다 손에 꽃을 들고 찾아온다. "죽음 앞에선 모두가 착해지는구나." 독했던 사람들이 유순해지고 거만한 사람들이 겸손하게 고개를 조아리니 눈빛만으로도 용서와 화해가 이루어진다. 의심, 사심, 욕심이 무심, 진심, 선심이 된다.

고개를 돌리니 영안실 옆에 응급실이 있다. 왜 그토록 소란스럽게 살아왔던가. 저세상 가기 전 마지막 머무는 대합실에서 착한 상봉이 이루어지는 걸 보니 책 제목으로 쓰인 스님의 질문 하나가 불현듯 가슴을 친다. '여보게, 저승 갈 때 뭘 가지고 가지?'

내   인생의   추수감사절

　　　　　　　행복의 유사어가 '감사'라는 걸 알아내기까지 적잖은 시간이 소요되었다. 그 이전까지는 감사가 차지해야 할 자리에 '행운'이나 '만족'이 슬그머니 앉아 있었다. 대충 만족하면 행복한 거라 여기며 허둥지둥 살았다. 그리 나쁘진 않았다. 하지만 행운은 복권 당첨의 순간처럼 드물었고 만족감은 오래가지 않았다. 그러다 보니 행복한 시간이 너무 짧았다.

　하루아침에 대오각성한 건 물론 아니다. 봄바람에 눈 녹듯이 마음 한구석에 감사의 좌석이 확보되면서부터 인생열차의 속도와 각도가 달라지기 시작했다. 총체적으로 행복한 시간이 대폭 늘었다. 배불리 먹고 고기로 언제 변

할지 모른 채 잠든 돼지의 만족한 자세가 행복의 초상화는 아니라는 걸 알아차렸기 때문일까. 돼지에게 물어본 적도 당연히 없고 돼지를 꾸준히 관찰한 적도 없다. 그러면서 섣불리 단정해버린 건 돼지들에게 좀 미안한 일이긴 하다.

이른바 질풍노도의 시절을 지나면서 나는 거의 하루도 빼놓지 않고 일기를 썼다. 그 시간에 공부를 했다면 어땠을까. 그래도 일기 쓰며 보내길 잘했다는 게 내 판단이다. 나는 늘 외로웠고 매순간 그리웠다. 이유가 있었다. 나를 낳아주신 부모님과 가족관계를 유지하며 산 기간이 태어난 후 딱 5년뿐이었다.

어머니는 일찍 돌아가셨고 아버지는 방랑(?)을 일삼았다. 아빠, 엄마라고 부르며 살았던 기억이 내겐 전무하다. 이럴 줄 알았다면 나를 길러주고 키워주신 고모님을 일찍부터 엄마라고 부를걸 그랬다는 아쉬움도 남는다. 그러나 어쩌랴. 고모님도, 아버님도 이미 저세상으로 이민 가셨으니.

나 자신의 유별난 성장 과정을 통해 가정이나 학교의 교육이 어떤 방향으로 나아가야 할지 언급하는 건 주제넘은 짓이다. 따라서 주장을 펼 생각은 없다. 다만 채워주는 게 아니라 스스로 채워가도록 유도하는 편이 낫다는 게 나의 결론이다. '충만'보다는 '결핍'이 결국은 더 행복한 사람을 만든다고 생각한다. 행복한 사람이 많아지면 행복한 세상은 더 넓어질 것이다. 사실 '충만'이라는 것 자체가 사람들이 지어낸 일종의 착시현상이다. 충만은 없다. 그쯤에서 만족해버린 상태, 그것이 '충만'일 뿐이다.

누가 권유한 일도 없지만 나는 내 일기를 한 권도 버리지 않았다. 몇 장을 찢어낸 적도 없다. 솔직히 아직까지는 유치해 보여서 오래 읽지는 못한다. 그렇다고 불태우거나 수정, 첨삭할 의중은 전혀 없다. 일기는 나의 흉터이자 훈장이다. 언젠가는 청소년 성장 사례연구의 자료로 당당히 제공할 계획을 갖고 있다. 받아준다면 말이다.

진실을 담아 쓴 모든 일기는 '난중일기'라는 게 내 지론이다. 일기를 쓴 모든 사람이 이순신 장군처럼 위대하다는 의미가 아니다. 평화로운 시기에 쓴 일기는 감상문이지만 난(亂)을 겪으며 쓴 일기는 반성문이기 때문이다. 전쟁을 치르는 동안 사람들의 심중은 대체로 각박하고 야박해진다. 하지만 그 와중에도 일부 깬 사람들은 꾸준히 성장하고 성숙해간다.

살아야 하는 이유를 발견한 사람들은 살아야 할 방향을 지목한다. 장군의 경우가 그러하다. 그는 자신의 일기가 이렇듯 만천하에 공개될 것을 예상했을까. 짐작컨대 그는 타인의 시선을 의식하지 않고 오로지 엄혹하고 절실한 시점에서 붓을 들었을 것이다.

놀랍게도 거기에는 죽음을 두려워하지 않는 용기와 죽음 앞에서도 절망적 상황을 탄식하지 않는 기백이 드러나 있다. 맞다. 드러내려는 자의 안간힘은 저절로 드러나는 자의 기품을 이기지 못한다. 그는 오늘도 광화문 네거리에 서서, 비겁하게 눈치 보는 자들에게 그렇게 살지 말라고 호령한다. 그럴 자격이 충분하다.

내가 쓴 일기의 상당 부분은 편지 형식이다. 부치지 못한 편지. 나의 사춘기는 짝사랑으로 점철되었다고 해도 과언이 아니다. 한 사람이 아니다. 대상을 수시로 바꿀 수 있다는 짝사랑의 장점을 나는 어린 나이에 간파했다. 헤아릴 수도 없는, 아니 실제로는 존재하지도 않는 누군가를 향해 끝없는 고백과 함께 애절한 구애를 펼쳤다.

내 일기에서는 당시 내 또래가 아무도 그렇게 하지 않았을 성싶은 특이점도 발견된다. 매일의 통화 기록을 깨알같이 적어놓은 것이다. 궁핍한 집에 어렵사리 놓인 전화는 나의 고립감을 밀어내던 은밀한 친구였다. 전화벨이 울릴 때마다 가슴이 설레던 가난한 시절의 이야기다.

내가 건 게 아니라 내게 걸려온 전화의 정량·정성 평가로 나는 내 친구들의 현황을 파악했다. 놀라지 마시라. 나는 그것들의 연중 통계 결과를 바탕으로 '그해의 친구'를 뽑기도 했다. 결과를 통보한 적도 있고 그렇지 않은 적도 있지만 나는 그걸로 위안을 삼았다. 그때부터 이미 나는 'PD놀이'에 심취해 있었던 셈이다.

근래 들어 편지 쓰는 사람들의 숫자가 현저히 줄었다는 건 비단 우정사업본부만의 걱정거리가 아니다. 나만 해도 편지 대신 이메일을 쓴다. 짧은 건 휴대전화 문자로 대신한다. 그러고 보면 글자로는 오히려 전에 비해 정보와 감정의 소통을 더 자주 하는 듯하다. 지하철을 타면 연령 불

문하고 누군가에게 '전보'를 치거나 그 답장을 읽으며 반응
하는 사람들이 곳곳에서 눈에 띈다. 옆 사람에게는 도무지
관심이 없다. 곧 만날 예정인 사람들에게 뭐 그리 하고픈
말이 많은 걸까.

작금의 우정사업본부인 '카톡'의 명단을 훑어 내려가다
보니 눈에 휘감기는 문구가 나를 붙든다. 강미소라는 독특
한 이름의 젊은 후배 PD가 자신의 사진 옆에 써놓은 글귀
다. "가질 수 없는 것보다 버릴 수 없는 것을 생각하자" 저절
로 미소가 머금어진다.

좋은 문장 하나가 가끔은 한 권의 책보다 건질 게 많다.
나도 '가질 수 없는 것'과 '버릴 수 없는 것'들의 목록을 작
성해본다. 거액의 저축, 넓은 저택, 으리으리한 승용차, 뒤
따르는 경호원들은 가질 수 없는 것들의 목록이다. 그러나
버릴 수 없는 것들은 그보다 훨씬 많다. 밤늦게야 들어오
는 하나뿐인 아들, 가끔은 맞장구 대신 맞짱을 뜨려는 동
갑내기 아내, 늘 술 마시자고 재촉하는 오랜 친구들, 바쁘
다는데도 연신 원고와 강의를 청탁하는 고마운 사람들.

어디 그뿐인가. 흔하긴 하지만 사라지면 무척 곤란할 생수, 예고 없이 찾아오는 시원한 빗줄기, 맑은 공기, 아직도 나에게 앉을 의자를 내어주는 고마운 회사, 출근길의 온순한 나무들, 무엇보다 내 희로애락이 묻어 있는 노래들.

감사, 감사의 홍수다. 나는 지금을 내 인생의 추수감사절로 선포한다. 여기서 말하는 지금은 '지금부터'의 준말이다. 그동안 꽤 뿌렸으니 이제 하나씩 거두어야겠다. 그 반대로 내 밭에 호의로 씨앗을 뿌려준 이들에게 수확의 절반 정도는 잘 포장해서 돌려주어야겠다. 그렇게 생각하니 마음이 바빠진다. 그래, 백화점도 연중세일을 하는데 나라고 연장을 못 할 건 무언가. 앞으로는 사시사철 추수감사절이다. 벌써부터 여기저기서 행복 주문이 밀려온다.

거울   볼 때는 안경을 벗는다

                 오늘은 내가 나를 인터뷰한다.

"요즘 어떻게 지내세요?"

"감사하며 지내죠. 이 나이에도 출근할 수 있으니."

"비결이 뭔가요?"

"제가 '인생'이라는 제목의 두 줄짜리 시를 쓴 적이 있
어요. '상 받은 자 옆에는 상처받은 자가 있다.' 상 받을 땐
옆 친구에게 이렇게 말했죠. '다음엔 네 차례야.' 그랬더니
복이 오더라고요."

"요즘은 학교에 나가시죠?"

"직장 생활을 3등분하면 첫 번째는 학교, 두 번째는 방
송사였어요. 학교에서 시작했는데 다시 학교로 돌아왔네

요. 어떻게 보면 수업을 재미있게 하려고 오랫동안 방송사로 견학, 아니 실습을 갔다 온 셈이죠. 프로그램 짜듯이 수업하니까 교실 안의 시청률도 괜찮아지더라고요."

"학교와 방송사 중 어디가 더 좋으세요?"

"행복에 등수를 매길 필요가 있나요? 전 점수만 매겨요. 종합점수는 어디나 90점 줄래요."

"후하시네요."

"과목별로는 다르지만 합치면 언제나 90점 정도는 나와요. 어디서나 좋은 사람을 만났거든요. 그 좋은 사람들의 순위를 정한다? 그렇게는 못해요."

"학교가 댁에서 좀 멀지 않나요?"

"그래서 행복하답니다. 오래 걷고 음악도 길게 들을 수 있으니까. 전 사직동에 사는데 학교 가는 버스를 명동에서 타요. 그래서 늘 광화문 광장을 지나죠. 세종대왕, 이순신 장군님께 매일 인사드려요. 그 유명한 광화문 글판도 매일 읽죠. 며칠 읽다 보면 외워요. 이번 가을엔 이런 말이 쓰여 있더라고요. '나뭇잎이 벌레 먹어서 예쁘다. 남을 먹여가며 살았다는 흔적은 별처럼 아름답다.' 이 가을 벌레 먹은

낙엽을 다시 보게 해주는 훌륭한 글이죠."

"광화문 글판에서 읽은 글 중 또 기억나는 문장이 있으세요?"

"사람들 기억은 다 비슷한가 봐요. 인상적인 광화문 글판 문구를 조사한 설문에서 나태주 시인의 〈풀잎〉이 1위를 했거든요. '자세히 보아야 예쁘다 오래 보아야 사랑스럽다 너도 그렇다.' 그런데 시와 현실, 아니 자연과 인간은 좀 다르죠. 제가 올해 환갑인데 동갑내기 친구들을 자주 만나요. 동창회가 아니고 자녀 결혼식장이나 부모님 장례식장에서 보게 되죠. 그런 자리에서 어느 동창 녀석이 절더러 젊어 보인다는 얘길 하니까 짓궂은 친구 하나가 이래요. '자세히 보니까 얘도 많이 늙었네.' 웃음이 터지면서도 약간 씁쓸하더라고요. 그래서 결심했죠. 장점은 자세히 보고 단점은 대충 보자고요. 그래서 전 거울 볼 때 안경을 벗는답니다. 대충 보니까 아직은 괜찮더라고요."

"광화문 글판에 걸렸던 문구 중에 좋아하는 문구가 있나요?"

"파블로 네루다의 《질문의 책》에 나오는 '나였던 그 아이는 어디 있을까? 아직 내 속에 있을까 아니면 사라졌을까'라는 문구입니다. 나는 나였던 그 아이를 추방하지 않았어요. 내 속엔 열 살의 나도 있고 스무 살의 나도 있답니다. 그리고 이 둘이 가끔 대화를 나누기도 합니다."

"혹시 글판에 추천하고 싶은 시가 있나요?"

"요즘 남진 노래를 자주 들어요. 노래 중에 특히 〈님과 함께〉 가사가 와닿던데요. '봄이면 씨앗 뿌려 여름이면 꽃이 피네 가을이면 풍년 되어 겨울이면 행복하네.' 행복의 기술이 고스란히 나와 있잖아요. 학생들에게도 얘기했어요. 봄은 청춘이니 한숨만 쉬지 말고 부지런히 씨앗을 뿌려라. 그러면 가을에 풍년이 들고 겨울엔 행복할 거야."

지혜로운   조언

　　　　　요즘은 졸업 시즌에도 대학교 안팎이 조용하다. 확실히 달라졌다. 학사모를 공중에 던지며 활짝 웃는 졸업생들 사진도 신문에서 사라졌다. 축하한다는 말을 건네는 사람도 주변에서 확 줄었다. 졸업선물로 만년필을 주고받던 풍속은 낡은 앨범 속에 묻히고 말았다.

　몇 년 전 졸업 시즌에 TV에서 본 장면이 아직도 가슴 한편에 걸려 있다. 교수들이 졸업생들에게 축가(?)를 불러주는 시간이었다. 노래는 전인권의 〈걱정 말아요 그대〉. 총장님까지 감동 연출에 앞장섰지만 정작 졸업생들은 무덤덤했다. 그걸 지켜보면서 왠지 모르게 미안했다. "당신들은 걱정 없지. 직장이 있고 연금도 받을 테니." 졸업이

곧 실업이라는 현실 앞에서 젊은이들은 이렇게 말하고 싶었을지도 모른다.

대학 동창 열 명이 겨울밤 한자리에 모였다. 서른다섯 명 정원 중 열 명이 모였으니 출석률이 30퍼센트다. 사실 오랜만의 만남은 아니다. 자녀 결혼식과 부모님 장례식에 때마다 소리 없이 나타나는 정다운 친구들이다. 미세먼지에 바람까지 불던 그날 저녁은 지난번 자녀 결혼식에 와준 친구들에게 혼주가 감사를 표하는 자리였다.

이 친구들과는 하루에도 몇 번씩 단톡방에서 서로의 안부를 묻는 사이다. 깨알 같은 건강 정보, 노인 대상 사기 경계 조언이 방 안에 차고 넘친다. 누가 퇴장이라도 하면 금세 다시 초대한다. 소환된 친구는 멋쩍은 듯 슬그머니 제자리로 가서 앉는다. 어느 책 제목처럼 '표현해야 사랑이다'라고 굳게 믿는 친구들이다.

어마어마한 세월이 순식간에 흘러갔다. 포털 어학사전에 '순식간'이란 말을 입력하니 '눈 한 번 깜짝하거나 숨 한 번 쉴 사이'라는 뜻으로 나온다. 동창들 다수가 이 표현에 공감했다. 소주를 들이켜며 누군가 말한다. "일찍 태어난 게 다행이야. 우리 졸업할 땐 취직이 수월했잖아."

취직은 쉬웠을지 몰라도 직장 생활이 순탄하진 않았다. 내우외환을 겪으며 몸과 마음이 상한 친구도 더러 있다. 아직도 직장에 출근하는 나는 그래서 말을 아낀다. 혹시라도 조기 퇴직한 친구에게 서운함을 남긴다면 두고두고 후회할 것 같기 때문이다.

동창을 만나면 그 시절 노래가 순차적으로 떠오른다. "우리 오늘 만난 것이 얼마나 기쁘냐" 하고 누구 하나가 선창하면 그 다음부턴 들불처럼 화음이 번진다. "이기고 지는 것은 다음다음 문제다." 응원할 때 불렀던 〈친선의 노래〉 마지막 소절이다. 라이벌 응원단도 이 노래는 함께 불렀던 것 같다. 그런데 정말 이기고 지는 것은 다음다음 문제일까?

'그때 왜 나는 그렇게 이기려고 했을까?' 하는 생각이 가끔 든다. 그리고 '그때 나는 정말 상대방을 이긴 걸까?' 하는 의문도 간혹 든다. 친구들에게 물어보니 "그 당시에 우린 이겨야 산다고 배웠잖아"라는 대꾸가 돌아온다. 그런데 우린 과연 잘 배운 걸까? 배운 대로 이겨서 잘 산 걸까? 이겨서 얼마나 행복해졌을까? 그리고 그 행복은 얼마나 오래갔을까?

청산이니 보복이니 하는 말들이 뉴스의 앞자리를 차지하는 스산한 계절이다. 살벌한 말들이 판치는 와중에 테니스 스타 정현과 조코비치의 인터뷰를 떠올리니 가슴이 따뜻해진다. 조코비치는 테니스계의 살아 있는 전설로 불리는 선수인데 아홉 살 아래인 정현에게 패한 후 이런 고백을 했다. "정현은 마치 벽 같았다. 그는 랭킹 톱10에 들 잠재력을 가지고 있다." 패기의 정현 역시 유쾌한 답장을 날렸다. "세 세트를 내줘도 이길 수 있는 기회가 있다고 생각했습니다. 조코비치보다 젊어서 두 시간 더 경기할 수 있었으니까요."

그렇다. 젊음은 대단한 것이지만 훌륭한 것은 아니다. 단지 두 시간 더 경기를 뛸 수 있게 할 뿐이다. 그 한마디로 충분하다. 능력이 어떻고 출신이 어떻고 하는 것보다 그냥 '젊어서'라는 자신감. 듣기에 좋지 않은가. 그렇다면 두 시간을 이미 써버린 우리 같은 사람의 역할은 무엇일까? 재기발랄한 젊은이에게 교훈의 말을 구질구질 늘어놓기보다 그의 잠재력을 즐겁게 예언해주는 것. "나도 옛날엔 너보다 더 힘이 셌어." 청춘을 질투하는 이런 말로 독거를 재촉하지 말고 "젊으니 뭔들 못해"라고 한마디 던진 후 뒤로 빠져주는 지혜로운 노인이 되고 싶다.

다시　　　　시작할 수　　　있다면

　　　　　　　아들은 샤워하면서도 음악을 즐
긴다. 음악 소리와 물소리가 제법 화음을 이룬다. 스마트
폰 시대가 만든 발랄한 새벽 풍경이다. 귀에 익은 음악들
이 샤워커튼 사이로 새어 나온다. 내가 묻는다. "너도 그런
음악 좋아해?" 물기를 닦으며 아들이 되묻는다. "아빠 안
좋아해?"

　'세대 공감'을 이뤄낸 그 음악은 영화 〈비긴 어게인〉의
주제곡들이다. 제목이 '바보처럼(Like A Fool)'이어서 무슨
짓을 했나 봤더니 예상대로다. "난 바보처럼 사랑했다네
(And I have loved you like a fool)." 하기야 사랑은 바보처럼
하는 게 맞다.

직장을 잃어버린 남자와 애인을 잃어버린 여자가 음악으로 '다시 시작하는' 이야기. 그들은 진짜 잃어'버린' 걸까? 혹시 버림'받은' 것 아닐까? 교사(출신) 본색이 발동한다. 교실로 가자. '받다'라는 접미사에 밑줄을 긋자. 살아오며 '받은' 것들이 대거 밀려온다. 차별받고 오해받고 상처받고 미움받은 경험들. 그러나 좋은 것들도 있었다. 선택받고 사랑받고 위로받고 인정받고 감명받았던 시간들. 세상의 줄에서 보면 불공평해도 세월의 편에서 보면 공평했다.

몇 해 전 세월을 검증하는 자리가 있었다. 모교 체육관에서 열린 입학 40주년 기념행사. 10년도 아니고 40년이라니. 사전에 설문을 돌려 학창시절 가장 좋아한 노래를 물었다. 2위가 이장희의 〈그건 너〉였고 1위가 송창식의 〈고래사냥〉이었다. 가사 마디마디가 이토록 가슴을 후벼 팔 줄이야. 40년 세월이 마치 "간밤에 꾸었던 꿈의 세계"처럼 아스라했다.

"술 마시고 노래하고 춤을 춰봐도 가슴에는 하나 가

득 슬픔뿐"이던 시절. "무엇을 할 것인가 둘러보아도 보이는 건 모두가 돌아앉아" 있었다. 끝자락에서 송창식은 마이크를 관객에게 양보했다. 순간 터져 나온 '청춘'들의 함성. "자 떠나자 동해 바다로 신화처럼 숨을 쉬는 고래 잡으러." 가수를 감전시킨 요동의 순간이었다.

우리의 청춘은 토라져 가버린 걸까. 믿었던 세월에 우리는 버림받은 걸까. 88학번 가수 이상은이 쪽지를 건넨다. "젊은 날엔 젊음을 모르고 사랑할 땐 사랑이 보이지 않았네 하지만 이제 뒤돌아보니 우린 젊고 서로 사랑을 했구나." 〈비긴 어게인〉에 나오는 〈로스트 스타(Lost Stars)〉의 가사가 묘하게 겹친다. "신이시여, 청춘이 청춘을 낭비하는 까닭을 말해주세요(God, tell us the reason youth is wasted on the young)."

육체의   역습

봄을 맞이해 시간표를 바꾸었
다. 새벽에 일어나 운동을 시작한 것이다. "운동 좀 하라"
는 얘기는 질리도록 들었다. 그러나 나는 꿈쩍도 하지 않
았다. "운동 안 하는 것도 소신이냐?" 이런 비아냥거림을
듣기까지 했다. 그럴 때마다 "숨쉬기 운동과 걷기 운동은
꾸준히 한다"며 버텨왔다. 이런 불통인 내가 '운동'을 하게
된 계기가 무엇일까.

믿음이 가는 후배가 말하는 어떤 운동의 장점을 듣고
귀가 솔깃했다. 하지만 몇 번의 권면으로는 미흡하다. "저
랑 같이 다니시면 어때요?" 역시 친구의 조건은 동정, 동
경이 아닌 '동행'이다. 마침 집 가까운 곳에 운동할 장소가

있다는 것도 결단에 힘을 보탰다.

이제 그 운동의 이름을 밝힌다. 국선도. 내가 그런 걸 해보리라고는 생각지도 못했다. 도복을 입을 때까지도 '그냥 따라 하면 되겠지'라는 안이한 생각이었다. 등장한 사범은 근육질과 거리가 먼 젊은 여성이었다. 낭랑한 목소리와 단아한 자태. 그러나 사범이 동작을 시작했을 때 난 알아차렸다. "잘못 왔구나." 따라 한다는 것 자체가 고역이었다.

마음을 비우고 잡념을 버리라고 하는데 도저히 그 경지에 도달할 수가 없었다. '꼭두새벽에 내가 왜 이런 걸 하고 있지?' 하는 푸념이 줄기차게 나를 쥐고 놓아주지 않았다. 신병훈련소에서 고문관 소리를 들어가면서도 살아남았는데. "지금 춤추냐?" 신기해하던 교관의 표정이 눈에 선하다. 그래, 그때는 춤이라도 출 수 있었다.

나는 슬픔에 빠졌다. '나라는 사람은 운동을 할 수 없도록 태어난 게 아닐까?' 나는 나를 몰랐다. 차라리 모르고 살다가 그 상태로 죽는 게 낫지 않았을까. 아니다. 모험심을 갖자. 우선 나를 객관적으로 보자. 내가 이렇게 많은 근육과 관절의 소유자라는 사실을 미처 인지하지 못했다. 매일 똑같은 근육과 관절만 써왔다. 주로 입과 무릎에 몰려 있는 것들이 내 몸의 전부인 양 편애하며 살아왔다. 아, 나는 신체의 '회전문 인사'를 한 게 아닌가.

소외된 근육과 관절들은 서운해하며 보복의 기회만을 노려왔다. 차별대우를 받던 상당수는 이제 내 명령을 거역한다. 자신들을 뻣뻣하고 딱딱하게 방치한 나를 원망하며 총궐기에 나선 모양새다. 나는 소년기의 유연한 세상으로 돌아갈 수 있을까. 정신과 육신이 중심을 찾는 그 지점을 향해 나는 내일 새벽에도 '고난의 행군'을 이어갈 참이다.

가을은   다시   온다

10년째 살고 있는 아파트 주변에는 미술관도 있고 영화관도 있고 박물관도 있다. 평소엔 그 존재에 신경 쓰지 않고 지낸다. 바쁜 걸음으로 그냥 지나친다. 허둥지둥 살던 어느 날, 건물 앞에 걸린 그림 하나에 눈길이 머문다. 가던 발길을 '멈추면 비로소 보이는' 그것 덕분에 마음이 움직인다. 그리고 '아, 저 화가의 그림은 직접 가서 봐야지'라거나 '저 전시물들은 사진으로 찍어 보관해야지'라고 마음먹는다.

관심이 없으면 그것이 있는지 없는지도 모른다. 오는지 모르고 가는지도 모른다. 가을이 왔는데도 가을에 관심을 주지 않으면 가을은 그냥 지나가고 만다. 서운한 가을

이 말을 한다면 '참 무정한 사람이로군'이라고 중얼거릴 것이다. 그래도 온유한 가을은 또 올 것이다.

주변에 계절을 닮은 사람들이 더러 있다. 평소엔 있는지 없는지조차 느끼지 못할 정도로 조용한 사람들이다. 그러다가 어느 날 슬며시 SNS에 나타나 말을 건다. 시를 적어 보내기도 하고 사진을 찍어 전해주기도 한다. 그것이 무엇이건 간에 내게 "가을이 왔어. 그래도 나는 너를 잊지 않아"라고 속삭인다. 그들이야말로 소중한 사람들이라는 걸 그제야 알아차린다.

〈파리로 가는 길〉은 예고 없이 받은 가을 보너스 같은 영화다. 80세가 넘은 여성감독 엘레노어 코폴라는 이러한 질문을 던진다. "뭐가 그렇게 바쁜가?" 영화제작자인 마이클과 앤은 바쁘게 사는 부부다. 칸에서 만난 자크는 마이클과 사업파트너이지만 그들과는 전혀 다른 삶을 산다. 그는 수없이 묻는 앤의 질문 "파리, 오늘은 갈 수 있나요?"에 느긋하게 답변한다. "걱정 말아요. 파리는 도망 안 가요." 영화의 원제도 '파리 캔 웨잇(Paris Can Wait)'이다.

우리는 왜 이렇게 서두를까? 왜 이렇게 바쁜 삶을 살까? 90일이나 기다려주는 가을에게 왜 눈길 한번 안 주는 걸까? 영화를 보면서 뜻밖에도 미스터리 스릴러 영화 〈곡성〉이 떠올랐다. 〈곡성〉의 가장 중요한 질문 '뭣이 중헌디?'와 〈파리로 가는 길〉이 던지는 메시지가 비슷하다고 느꼈다.

가을은 가지만, 아니 갈 테지만 슬퍼할 필요는 없다. 가을은 또 오기 때문이다. 사라진 줄 알았던 것들은 다 살아 있는 것들이다. 다만 우리가 그것을 보지 못할 뿐. 그리고 분명한 사실 하나는 언젠가 우리에겐 만나고 싶어도 만나지 못할 때가 온다는 것이다. 늘 기다려줄 줄 알았던 가을과 덧없이 이별해야 하는 것처럼.

사람들은 성공을 향해 허겁지겁 달려간다. 그러나 성공을 마지막 목적지로 설정하면 평생 성공 몇 번 못한다. 작은 일에서 찾는 소소한 기쁨, 이를테면 파리로 가는 길에 만난 정원, 호수, 장미꽃, 주유소를 성공이라 간주하면 우리는 하루에도 여러 번 성공할 수 있다. 파리는 가을처럼 아주 가까이 있다.

그때는   왜   몰랐을까

"데카메론이 뭔가요? 메론 종류인가요?" 유머 사이트가 아니라 인터넷 질문 창에 올라온 글이다. 야유가 있음 직한데 상세한 답변이 달렸다. 난 이럴 때 흐뭇하다.

일간지 칼럼으로 실은 짧은 기행문 제목을 '2014 강릉 데카메론'이라고 정한 배경은 의외로 단순하다. 열 명이 모여서 진실게임을 했다. 열흘 동안 이어진 건 아니다. 그냥 각자 살아온 이야기를 밤새 쏟아냈다. 피렌체 교외의 별장 대신 강릉 선교장에서였다. 달빛은 적막하고 그윽했다.

그 글에 부제를 붙인다면 '그때는 왜 몰랐을까'로 하고 싶다. 학창 시절 《데카메론》의 주제를 사랑과 지혜라고 배웠다. 살아 보니 사랑이 많을 땐 지혜가 부족했다. 지혜가 반짝일 땐 사랑이 바짝 시들어 있었다. 사랑과 지혜가 공존했던 시간은 퍽 짧았다.

열 명은 입학 동기들이다. 학과 정원이 서른다섯 명이 었으니 30퍼센트가 모인 것이다. 대단하지 않은가. 하지만 여행의 시작 부근에는 슬픈 사연 하나가 웅크리고 있다. 지난 3월 초 대학 동기 용찬이랑 점심을 먹었다. '인자무적'이 그의 별호다. 그가 조심스레 청첩장을 내밀며 주례를 의뢰했다. 즐거운 청탁이다. 그의 아들 두연이는 예전에 진로 상담차 만난 적이 있다. 혼인 날짜는 5월 25일. 그런데 운명이 뒤틀렸다. 5월 16일에 용찬이가 설악산에서 사고를 당한 것이다. 헬기까지 떴지만 골든타임을 놓쳤다. 아홉 시 뉴스에 이 소식이 나오기까지 했다.

결혼식은 예정대로 진행됐다. 주례사는 무거웠다. 신랑, 신부 표정에는 웃음기가 없었다. 하객들 표정도 허망했다. 피로연에서 동기들에게 제안했다. "다음에 만나자는 말은 하지 말자. 다음 결혼식, 다음 장례식에서 만나자는 말이나 마찬가지니 말이야. 입학 40주년을 맞아서 우리 여행 한번 가는 건 어떨까?"

기획이 '감동적'이어서 캐스팅도 순조로웠다. 장소는 국문학과 출신들에게 어울리는 곳으로 선정했다. 김시습과 허균, 허난설헌 남매, 신사임당과 율곡 모자. 당대의 문사들을 키운 강릉.

"괴로워하는 사람에게 위안을 주는 것이야말로 인간다운 일이다."《데카메론》서문이다. 학교 다닐 때 늘 인상을 쓰던 친구가 있었다. 언제나 표정이 흐렸다. 그때는 그 응어리가 불편했다. 깊은 밤 친구의 고백을 들었다. 정말로 '인상 쓸 만한 나날들'일 수밖에 없었다. 세상과 화해하기까지 긴 시간이 필요했다고 했다.

몰랐다. 이제는 어렴풋이 알겠다. 살아 있으니 얘기도 듣는구나. 살아 있으니 얘기도 할 수 있구나. 그런데 얘들아, 그때는 왜 몰랐을까.

내   인생의   책

독서관이 비뚤어진 걸까. 책 많이 읽는 건 밥 많이 먹는 것과 비슷하다고 말한 적이 있다. 읽기만 하고 생각을 하지 않으면 무슨 소용인가. 먹었으면 소화하고 운동(실천)을 해야 한다. 그게 신진대사다. 독서는 채우기 위해서가 아니라 비우려고 하는 거다. 오만과 편견을 걸러내고 좋은 생각으로 자신을 재구성하려면 빽빽한 지식의 창고가 되기보다는 널찍한 사색의 정원이 되는 편이 낫다.

| 첫 번째 책 |

어릴 때 집에 책이라곤 없었다. 책상도 없었다. 그런

데 어디서 흘러왔는지 책 한 권이 방바닥에 놓여 있었다. '운명'이 굴러들어 온 순간이었다. 펼치니 그 안은 재미있는 이야기로 꽉 차 있었다. 셰익스피어였다. 전집은 아니고 짧은 요약본. 하여간에 대단한 만남이었다. 나는 그 책을 닳도록 읽었다. 적잖은 책이 시간을 훔치는 도둑이라면 진짜로 좋은 책은 인생을 리메이크한다. 나는 거기서 햄릿도 만났고 로미오도 만났다. 리어왕은 불쌍했고 맥베스는 불행했다. 비극의 탄생과 종말을 아주 가까이서 목격했다. 그것도 핵심 성분으로.

《셰익스피어에게 묻다》라는 책의 부제는 '세상을 살아가는 데 꼭 알아야 할 6가지'다. 1단계 '자신의 개체성 찾기'부터 6단계 '더 높은 세계로의 도약' 사이에 각종 행복의 기술이 촘촘히 배치되어 있다. 약은 아니고 약방문 같은 책이다. 그러나 도움이 된다. 이 책만 읽고 셰익스피어를 읽지 않는다면 설명문만 읽고 약은 복용하지 않는 것과 비슷할지 모른다. 그러나 그럴 가능성은 적다. 좋은 영양제를 찾아 먹지 않으면 손해라는 걸 바로 알게 될 터이므로.

기억은 편집된다. 좋은 기억을 위주로 편집되면 좋은 관계를 이어갈 수 있다. 나쁜 기억 위주라면 그 사람을 다시 만나는 일조차 망설여진다.

모교에서 직장 생활을 시작했다. 운이 좋았다. 1990년대 화제의 드라마 〈모래시계〉와 〈사랑이 뭐길래〉에서 인상적인 연기를 펼쳤던 최민수가 후배 겸 제자다. 방송에 함께 출연할 기회가 있었는데 나를 영화 〈죽은 시인의 사회〉에 나오는 키팅 선생에 비유했다. 언감생심이지만 조금 닮기도 했다. 모교에 부임한 선배이자 국어(문학) 담당 교사, 전통적인 교사상과는 거리가 있는 행보, 결국은 학교를 떠나게 되는 운명 등.

키팅이 훗날 어떻게 됐는지는 모르겠다. 나는 학교와 방송사를 오가며 '원 소스 멀티 유즈'의 삶을 살았다. 손바닥만 한 재능을 가지고 잘도 버텼다. 키팅이 강조하는 '카르페 디엠'은 사실 나의 생활신조다. '즐겁게 보낸 오늘은 행복한 내일의 재료'라는 말은 고정 레퍼토리다. 벽(고정관념)을 넘어야 별(희망, 소통)이 된다는 게 교육과 방송의 일

관된 소신이다.

《죽은 시인의 사회》는 틀에 박힌 삶을 강요받는 학생들에게 영감을 주는 이야기다. 애초부터 소설로 탄생한 것이 아니고 톰 슐만이 쓴 시나리오를 여성작가인 N. H. 클라인바움이 소설로 다시 썼다(이런 것을 '노벨라이제이션'이라 한다). 톰 슐만은 이 작품으로 1990년 아카데미 최우수각본상을 받았다. 그 울림에 비하면 오히려 상이 왜소해 보인다.

| 세 번째 책 |

〈퀴즈아카데미〉를 연출할 때다. 나는 방송사에 있었고 그는 감옥에 있었다. 어떤 경로를 통해서였는지 알 수 없으나 분명한 건 박노해가 쓴 쪽지를 전달받았다는 사실이었다. 어찌된 일인가. 그 당시 나는 문제(problem)가 문제(question)로 나오는 프로그램을 만들고 싶었다. 가벼운 것들(퀴즈)로도 날개를 만들 수 있다는 걸 증명하고 싶었다. 박노해가 지은 《노동의 새벽》을 여러 차례 문제로 냈던 것도 그 연장선상이었다. 누군가로부터 그 얘길 전해들은 박노해가 젊은 PD를 '가상하게' 여긴 걸까. 물론 순전히 자의

적인 해석이다.

시간은 흘렀고 난 다시 그의 측근으로부터 초대장을 전해 받았다. 이번엔 출판기념회 겸 사진전시회다. 〈티베트에서 인디아까지〉. 그가 직접 찍은 흑백사진들, 궁핍함조차 감사하며 사는 착한 사람들이 주인공이다. 그리고 그날 내 앞에는 몸은 말랐지만 표정은 맑고 음성은 부드러운 사나이가 웃고 있었다.

그의 꿈을 가늠하는 건 어려운 일이 아니다. 세계 곳곳에 자급·자립하는 삶의 공동체, 이른바 '나눔농부마을'을 세우는 게 그의 목표다. 그는 다짐한다. "우리는 위대한 일을 하는 것이 아니라 위대한 사랑으로 작은 일을 하는 것이다. 작지만 끝까지 꾸준히 밀어가는 것, 그것이야말로 내가 아는 가장 위대한 삶의 길이다."

초록색 표지에 쓰여 있는 제목은 '옳은 길'이 아니다. '의로운 길'도 '외로운 길'도 아니다. 그저 '다른 길'이다. 서로 다른 길을 가지만 언젠간 길 위에서 그를 다시 만날 것 같다. 그땐 내가 먼저 그에게 쪽지를 보내야겠다.

아들의 방 옷장 위에는 동물 인형이 몇 개 있다. 헤어진 누군가로부터 받은 선물들이다. 아들은 치울 생각이 없는 듯하다. 미련이 남았나 슬쩍 떠봤다. "인형이 무슨 죄가 있어?" 그 '실용적' 답변이 넉넉하게 들린다. 하기야 없앤다고 과거가 사라지는 건 아니다.

아들의 방에는 책들도 동거한다. 관심이 가는 책이 여럿이다. 그중 신영복 선생의 《나무야 나무야》를 꺼내든다. 삼일절에 유관순 열사가 생각나듯 식목일엔 신영복 선생이 떠오른다. 감옥에서 20년이라는 긴 세월을 보냈지만 그는 복수심으로 이를 갈지 않았다. 오히려 먹을 갈아 《감옥으로부터의 사색》이라는 불후의 명작을 썼다.

선생은 마음속에 나무를 심었고 나무를 키워 숲을 이루었다. 그 숲의 향기가 무성하다. 그가 지은 《더불어 숲》에는 이런 문장이 나온다. "반(半)은 절반을 뜻하면서 동시에 동반(同伴)을 뜻합니다." 모진 곳으로부터 받은 '선물'치고 고상하지 아니한가.

TV 끄고 책 좀 읽어라. 하지만 소소한 의문이 남는다. 사색 없이 그냥 읽기만 한다면? 삼키기만 하고 소화 못 시키는 음식과 비슷하지 않을까. 배만 채우고 움직이지 않는다면 돼지의 삶과 무엇이 다른가.

언제 읽어도 좋은 책이 있고 어느 시기에 읽으면 좋은 책도 있다. 봄에 읽으면 좋은 책도 있고 서른 살에 읽으면 도움 되는 책도 있다. 책이 TV와 다른 건 책장을 넘길 때 생각의 여백을 가질 수 있기 때문이다. 세상에 나쁜 책은 없다. 독자를 못 만난, 혹은 독자를 잘못 만난 책이 있을 뿐이다.

2018년 봄에 〈우리가 만난 기적〉이라는 드라마가 반영됐다. 만약 '내 영혼이 다른 사람의 육체를 빌리게 됨으로써 그 사람의 삶을 살게 된다면'으로 드라마는 출발한다. 누가 묻는다. "기적을 믿으세요?" 헬렌 켈러가 정답을 말했다. "기적이 없다면 기적이라는 말도 없을 것이다."

지금 우울한가? 친구가 그리운가? 장영희 교수의 《살아온 기적 살아갈 기적》은 몸과 마음이 아플 때 읽으면 좋은 책이다. 책이 나온 해가 2009년인데 그해에 작가는 세상을 떠났다. 그 이별에는 예고편이 있었다. 목발에 의지해야만 걸음을 옮길 수 있는 장애와 세 차례의 암 투병. 내가 장영희 교수를 만났을 때 그의 주제어는 그날도 희망이었다. 책의 에필로그 제목도 '희망을 너무 크게 말했나'다.

행운을 믿진 않지만 행운과 사이좋게 지내려 한다. 그래야 행운이 나를 피해 가지 않을 것이다. 이제 우리가 장교수에게 답할 차례다. "크게 말해도 괜찮아요. 희망은 나누는 것이니까."

이별의　　　　　순간

　　　　　　　　이별을 이야기하려니 기억 속에
서 사라지지 않는 제목 몇 개가 구름처럼 피어오른다. 그
중 하나가 《아홉 켤레의 구두로 남은 사내》다. 대학교 4학
년이던 1977년, 문학잡지 몇 권쯤 가방 속에 넣고 다니던
시절이었다. 〈아홉 켤레의 구두로 남은 사내〉는 그해 《창
작과 비평》 여름호에 실린 윤흥길의 중편소설이다. (검색해
보니 '산업화, 도시화의 그늘에서 소외된 계층의 삶과 소시민의 허
위의식을 날카롭게 포착한 문제작'이라고 나온다.)

　　이별의 순간이 지닌 아픔은 슬픔과 맞닿아 있다. 이번
에는 한용운의 〈님의 침묵〉이 이별 앞에 흔들리는 나를 '휩
싸고 돌았다.'

사랑도 사람의 일이라 만날 때에 미리 떠날 것을 염려하고 경계하지 아니한 것은 아니지만, 이별은 뜻밖의 일이 되고 놀란 가슴은 새로운 슬픔에 터집니다.

감정의 물살은 '가족과 사랑에 대한 따뜻한 성찰을 보여주는 작가' 노희경의 대표작 〈세상에서 가장 아름다운 이별〉에까지 이른다. "가족을 위해 삶을 희생한 한 여자의 일생을 그린 작품"이지만 "이별의 순간, 그날 이후 그들은 진짜 '가족'이 되었다"는 게 이 작품의 진짜 주제다. 〈세상에서 가장 아름다운 이별〉은 1996년 MBC 창사 특집 드라마로 시작해 2011년에는 영화로도 개봉되었다. 연극으로 무대에 올랐는가 하면 tvN에서 21년 만에 드라마로 리메이크되기도 했으니 명작의 힘이 대단하긴 한가 보다.

수필 한 자락도 떠오른다. 졸업반 때 모교에 교생실습을 나가서 가르쳤던 이양하의 〈신록예찬〉에 이런 내용이 나온다.

나는 오늘도 나의 문법 시간이 끝나자, 큰 무거운 짐이

나 벗어 놓은 듯이 옷을 훨훨 떨며, 본관 서쪽 숲 사이에 있는 나의 자리를 찾아 올라간다. 나의 자리래야 솔밭 사이에 있는, 겨우 걸터앉을 만한 조그마한 소나무 그루터기에 지나지 못하지마는, 오고 가는 여러 동료가 나의 자리라고 명명(命名)하여 주고, 또 나 자신도 하루 동안에 가장 기쁜 시간을 이 자리에서 가질 수 있으므로, 시간의 여유가 있을 때마다 나는 한 특권이나 차지하는 듯이, 이 자리를 찾아 올라와 앉아 있기를 좋아한다.

'자리'와 '자유'에 대해 숙고해본다. 사람에겐 머물러야 할 '자리'도 중요하지만 떠날 수 있는 '자유'도 소중하다. 자유가 제한된 자리보다는 자리 없는 무한의 자유가 그리울 때, 그때가 이별하기 좋은 순간이라는 생각도 해본다.

마지막으로 스스로에게 묻는다. "나는 어디로 떠나는가." 공간을 떠나는 것이지 인간을 떠나는 것이 아니다. 그대의 곁을 떠나는 것이지 그대의 속을 떠나는 것이 아니다. 그대의 눈앞을 떠나 그대의 마음속으로 이동하는 것이다. "우리는 만날 때에 떠날 것을 염려하는 것과 같이 떠날

때에 다시 만날 것을 믿습니다." 한용운의 〈님의 침묵〉의
구절처럼 이별은 만남을 전제한다. 당신과 함께한 매일매
일 행복했다. 행복의 조건은 감사와 사랑이라는 것도 배웠
다. 어쩔 도리 없이 마지막 단어는 '사랑'으로 맺어야겠다.

사랑하는 것은
사랑을 받느니보다 행복하나니라.
오늘도 나는 너에게 편지를 쓰나니
그리운 이여 그러면 안녕
설령 이것이 이 세상 마지막 인사가 될지라도
사랑하였으므로 행복하였네라.

-유치환의 〈행복〉

재미있게 살다가 의미 있게 죽자

2020년 3월 3일 초판 1쇄 | 2020년 3월 5일 2쇄 발행

지은이 · 주철환
펴낸이 · 김상현, 최세현 | 경영고문 · 박시형

편집인 · 정법안
책임편집 · 손현미 | 디자인 · 김애숙
마케팅 · 양근모, 권금숙, 양봉호, 임지윤, 유미정
경영지원 · 김현우, 문경국 | 해외기획 · 우정민, 배혜림 | 디지털콘텐츠 · 김명래
펴낸곳 · 마음서재 | 출판신고 · 2006년 9월 25일 제406-2006-000210호
주소 · 서울시 마포구 월드컵북로 396 누리꿈스퀘어 비즈니스타워 18층
전화 · 02-6712-9800 | 팩스 · 02-6712-9810 | 이메일 · info@smpk.kr

ⓒ 주철환(저작권자와 맺은 특약에 따라 검인을 생략합니다)
ISBN 978-89-6570-965-7 (03810)

쌤앤파커스(Sam&Parkers)는 독자 여러분의 책에 관한 아이디어와 원고 투고를 설레는 마음으로 기다리고 있습니다. 책으로 엮기를 원하는 아이디어가 있으신 분은 이메일 book@smpk.kr로 간단한 개요와 취지, 연락처 등을 보내주세요. 머뭇거리지 말고 문을 두드리세요. 길이 열립니다.